光文社 古典新訳 文庫

笑い

ベルクソン

増田靖彦訳

光文社

Title : LE RIRE
1900
Author : Henri Bergson

凡例

☆本書の底本は、Henri BERGSON, Le Rire, in *Œuvres*, édition du centenaire, Presses universitaires de France, Paris, 1959である。

☆原文中の斜体字については、強調の場合は傍点を、書名の場合は『 』を付した。また、引用符は「 」を、丸括弧は（ ）を、中断符は……を、それぞれ使用した。

☆［ ］は原語を挿入したとき、また本文の理解を助けたり含意を特定したりするために、〈 〉は語句の区切りを明確にするために、／は一つの単語に複数の訳語を併記するために、それぞれ訳者の判断で補足したものである。原文のコロンやセミコロンについては、必要に応じて接続詞を補った上で句読点に置き換えた。ダッシュやハイフンはできるだけ原文に準拠するように努めたが、訳文との釣り合いから省略した場合もある。また、訳語には適宜ルビを振っておいた。

☆原注は*を付した上で算用数字と原注である旨を、訳注は算用数字のみで示してある。

☆引用については、翻訳があるものは可能な限り参照させていただいたが、訳文とのバランスを保つため、必ずしもそのまま引用できなかった場合がある。

目次

笑い

笑い

序[*1]

この本は、わたしが以前『パリ評論』[*2]に公表した「笑い」についての（というより、特におかしさによって引き起こされる笑いについての、としたほうがよいかもしれない）三つの論文を含んでいる。それらを一冊の本にまとめるにあたり、わたしが考えたのは、先行する研究者たちの考えを徹底的に検証して、笑いに関する諸理論を正々堂々と批判すべきではないかということであった。もっとも、それを行えば、わたしの論述は途方もなく複雑になってしまい、取り扱っている主題の重要さと釣り合いのとれない本になってしまうように思われた。それに、おかしさの主要な定義は、そのいずれかを思わせるしかじかの事例を挙げて、明示的にであれ暗示的にであれ、簡単ながらも、すでに討議してもある。したがってわたしは三つの論文を再録するだけにとどめた。ただ、この三十年間におかしさについて公表された主要な研究の文献一覧をつけ加えることだけはしておいたのである。

それ以後、他にも多くの研究が発表されている。だからわたしが以下に示す文献一覧は以前のものより長くなっている。しかし、この本そのものには、何の変更も加えなかった。[*3] たしかに、そうしたさまざまな研究は笑いに関する問いを少なからぬ点で明らかにするところがなかったわけではない。けれども、わたしの方法はおかしさを作り出す手法を明確にすることに存しているのであって、それは一般に手本とされている方法や、おかしさを生む効果をきわめて間口が広く、きわめて単純な定式のなかに閉じ込めようとする方法とはまるきり異なっている。だからといって、この二つの方法が相互に排除し合うわけではない。しかし、後者の方法によって何が与えられようとも、わたしの方法によってもたらされる成果に影響を及ぼすことはないだろう。そして、わたしの考えでは、わたしの方法こそが、科学的な正確さと厳密さを兼ね備えた唯一の方法なのだ。このことはまた、わたしがこの第二十三版につけ加えた付記のなかで、読者の注意を促している点でもある。

一九二四年一月　パリ

H・B

Hecker, *Physiologie und Psychologie des Lachens und des Komischen*, 1873.
Dumont, *Théorie scientifique de la sensibilité*, 1875, p. 202 et suiv. Cf., du même auteur, *Les causes du rire*, 1862.
Courdaveaux, *Études sur le comique*, 1875.
Philbert, *Le rire*, 1883.
Bain（A.）, *Les émotions et la volonté*, trad. fr., 1885, p. 249 et suiv.
Kraepelin, *Zur Psychologie des Komischen*（*Philos. Studien*, vol. II, 1885）.
Spencer, *Essais*, trad. fr., 1891, vol. I, p. 295 et suiv. *Physiologie du rire*.
Penjon, *Le rire et la liberté*（*Revue philosophique*, 1893, t. II）.
Mélinand, *Pourquoi rit-on ?*（*Revue des Deux-Mondes*, février 1895）.
Ribot, *La psychologie des sentiments*, 1896, p. 342 et suiv.

＊1原注　ここに第二十三版の序をあらためて掲載しておく。
＊2原注　『パリ評論』一八九九年二月一日号、二月十五日号、三月一日号。
＊3原注　ただし文章の形式的な補正をいくつか行った。

Lacombe, *Du comique et du spirituel* (*Revue de métaphysique et de morale*, 1897).

Stanley Hall and A. Allin, *The psychology of laughing, tickling and the comic* (*American Journal of Psychology*, vol. IX, 1897).

Meredith, *An essay on Comedy*, 1897.

Lipps, *Komik und Humor*, 1898. Cf., du même auteur, *Psychologie der Komik* (*Philosophische Monatshefte*, vol. XXIV, XXV).

Heymans, *Zur Psychologie der Komik* (*Zeitschr. f. Psych. u. Phys. der Sinnesorgane*, vol. XX, 1899).

Ueberhorst, *Das Komische*, 1899.

Dugas, *Psychologie du rire*, 1902.

Sully (James), *An essay on laughter*,1902 (trad. fr. de L. et A. Terrier : *Essai sur le rire*, 1904).

Martin (L. J.), *Psychology of Aesthetics : The comic* (*American Journal of Psychology*, 1905, vol. XVI. p. 35-118).

Freud (Sigm.), *Der Witz und seine Beziehung zum Unbewussten*, 1905 ; 2e édition, 1912.

Cazamian, *Pourquoi nous ne pouvons définir l'humour*（*Revue germanique*, 1906, p. 601-634）.

Gaultier, *Le rire et la caricature*, 1906.

Kline, *The psychology of humor*（*American Journal of Psychology*, vol. XVIII, 1907, p. 421-441）.

Baldensperger, *Les définitions de l'humour*（*Études d'histoire littéraire*, 1907, vol. I）.

Bawden, *The Comic as illustrating the summation-irradiation theory of pleasure-pain*（*Psychological Review*, 1910, vol. XVII, p. 336-346）.

Schauer, *Ueber das Wesen der Komik*（*Arch. f. die gesamte Psychologie*, vol. XVIII, 1910, p. 411-427）.

Kallen, *The aesthetic principle in comedy*（*American Journal of Psychology*, vol. XXII, 1911, p. 137-157）.

Hollingworth, *Judgments of the Comic*（*Psychological Review*, vol. XVIII, 1911, p. 132-156）.

Delage, *Sur la nature du comique*（*Revue du mois*, 1919, vol. XX, p. 337-354）.

Bergson, *A propos de «la nature du comique». Réponse à l'article précédent*（*Revue du mois*,

1919, vol. XX, p. 514-517). Reproduit en partie dans l'appendice de la présente édition.

Eastman, *The sense of humor*, 1921.

旧序[1]

わたしは少し前に『パリ評論』で公表した「笑い」についての（というより、特に、おかしさによって引き起こされる笑いについての、としたほうがよいかもしれない）三つの論文を一冊の本にまとめることにした。この三つの論文はおかしさを生み出す主要な「カテゴリー」を明確にし、可能な限り多くの事実を集めて分類し、そこから法則を引き出すことを目的とするものであった。つまり、それらの論文は、その形式上の制約から、理論的な討議や諸体系の批判を考察するものではなかったのである。わたしは、それらの論文を再版するに当たって、これと同じ主題に関わる研究を検証してそこにつけ加え、先行する研究者たちの結論とわたしの結論を比較すべきであったろうか。そうしていたらわたしの主張はいっそう揺るぎないものになっていたかもしれない。しかし、わたしの論述は途方もなく複雑なものになってしまい、また取り扱っている主題の重要さと釣り合いのとれない本になってしまっていただろう。したがって、わたしは、三つの論文を発表されたときのままで再録する決心をした。ただ、ここ三十年間におかしさをめぐる問いについて企てられた主要な研究の情報をつけ加えることだけはしておく。

Hecker, *Physiologie und Psychologie des Lachens und des Komischen*, 1873.
Dumont, *Théorie scientifique de la sensibilité*, 1875, p. 202 et suiv. Cf., du même auteur, *Les causes du rire*, 1862.
Courdaveaux, Études sur le comique, 1875.
Darwin, *L'expression des émotions*, trad. fr., 1877, p. 214 et suiv.
Philbert, *Le rire*, 1883.
Bain（A.）, *Les émotions et la volonté*, trad. fr., 1885, p. 249 et suiv.
Kraepelin, *Zur Psychologie des Komischen*（*Philos. Studien*, vol. II, 1885）.
Piderit, *La mimique et la physiognomie*, trad. fr., 1888, p. 126 et suiv.
Spencer, *Essais*, trad. fr., 1891, vol. I, p. 295 et suiv. *Physiologie du rire*.

Penjon, *Le rire et la liberté*（*Revue philosophique*, 1893, t. II）.

Mélinand, *Pourquoi rit-on ?*（*Revue des Deux-Mondes*, février 1895）.

Ribot, *La psychologie des sentiments*, 1896, p. 342 et suiv.

Lacombe, *Du comique et du spirituel*（*Revue de métaphysique et de morale*, 1897）.

Stanley Hall and A. Allin, *The psychology of laughting, tickling and the comic*（*American journal of Psychology*, vol. IX, 1897）.

Lipps, *Komik und Humor*, 1898. Cf., du même auteur, *Psychologie der Komik*（*Philosophische Monatshefte*, vol. XXIV, XXV）.

Heymans, *Zur Psychologie der Komik*（*Zeitschr. f. Psych. u. Phys. der Sinnesorgane*, vol. XX, 1899）.

1　これは初版から第二十二版まで付されていた序である。

第一章　おかしさ一般について

形のおかしさと動きのおかしさ、おかしさが拡がる力

笑いとは何を意味するのだろうか。笑いを誘うものの根底には何があるのだろうか。道化役者のしかめ面、言葉遊び、ヴォードヴィル[1]の取り違え、洗練された高級喜劇[2]の一場面といったもののあいだに、何か共通のものを見出すことができるだろうか。どのように蒸溜していけば、こうしたさまざまな成分から漂ってくる鼻持ちならない臭いやほのかな香りのエキスを、常に変わらぬエキスを手にすることができるだろうか。アリストテレス以来、最も偉大な思想家たちがこのささやかな問題に立ち向かってきた。[3]けれども、この問題は彼らの努力をかいくぐり、滑り抜け、身をかわしては立ちはだかることを繰り返している。それは哲学的思索に対して仕掛けられた憎らしい挑戦といってよい。

わたしたちもまた、わたしたちなりのやり方でこの問題に取り組もうとしているわけだが、それに当たって断っておきたいのは、おかしさを生む空想力をひとつの定義に閉じ込めるつもりはない、ということである。わたしたちはこの空想力のうちに、何よりもまず、生きているものを見るのである。どれほど軽微なものであっても、わたしは生に対して払うべき敬意をもってこの空想力を取り扱うことにしよう。わたしはこの空想力が生長し、開花するのをみつめるだけにしておきたいのだ。ある形から別の形へと、それと気づかないほどさまざまな段階を経て、この空想力はわたしたちの眼の前で非常に特異な変貌を遂げるだろう。わたしたちは、自分が目にすることになるものは、何であろうと軽んじないことにしよう。おそらく、そうして接触を絶やさないことで、わたしたちは理論的定義よりもしなやかな何ものかを――長く親しい付き合いから生まれてくる認識と同じような、実践的で内密な認識を、手に入れることにもなるだろう。そうなればおそらくわたしたちは、思いがけず、有用な認識を手にしたということにもなるだろう。おかしさを生む空想力は、どれほどひどく逸脱したものであっても、それ相応に、理にかなっているし、熱狂の最中にあっても方法に則しており、こういってよければ夢をみているようなものであるが、おかしさを生む空想力が夢想のうちで喚起するものにはいくつかのヴィジョンが備わっているのであって、そのヴィジョンはそこに居合わせている人たち全員によってすぐに受け入れられ、理解されるものなのである。おかしさを生む空想力がそうしたものだとすれば、人間の想像力の働き方について、しかも殊更に社会的、集団的、大衆的想像力の働き方について、この空想力がわたしたちに新しく教えてくれることなどないといえるだろうか。また、現実の生活を出所とし、芸術に縁があるのだとすれば、この空想力が

1　原語は vaudeville で、歌と踊りの混じった軽喜劇を指す。その語源はフランス北西部のノルマンディーにあるカルヴァドス県の地方名 Vau-de-Vire に由来するらしく、この地方の歌が十五世紀に流行したのがヴォードヴィルの起こりとされる。

2　原語は fine comédie。古代ギリシアに端を発し、フランスでそれを模範として十七世紀に開花した古典喜劇を念頭に置いていると思われる。

3　たとえば、アリストテレス「詩学」第五章「喜劇について」一四四九a三二－一四四九b二〇（『アリストテレース詩学・ホラーティウス詩論』所収、松本仁助・岡道男訳、岩波文庫、一九九七年）、キケロー『弁論家について（上）（下）』（大西英文訳、岩波文庫、二〇〇五年、第二巻五四－七一頁）、デカルト『情念論』（谷川多佳子訳、岩波文庫、二〇〇八年、第二部一二四－一二七頁）など。

芸術と生活についてわたしたちに自らの意見を述べることなどないといえるだろうか。

わたしたちはこれからまず基本的なものとみなされる三つの考察を示していくことにしよう。その三つは、おかしさそのものによりも、おかしさを探求すべき場所に向けられたものである。

一

わたしが注意を喚起しようと思う第一の点は次の通りである。すなわち、本来的に人間的であるもの以外におかしさはない。たとえば、ある風景が美しいとか、趣きがあるとか、崇高であるとか、大したことがないとか、見るに堪えないとかいうことは、ありうるだろう。けれども、それが笑いを誘うということはあるまい。［また］わたしたちがある動物をみて笑うということはあるだろう。けれども、それはその動物が人間のような態度や人間らしい表情をみせたことに驚いてしまったからだろう。［また］わたしたちがある帽子をみて笑うということもあるだろう。けれども、わたしたちが笑うのは、フェルトや藁でできたものとしての帽子に対してではなく、その帽子全体に与えられた形に対してであり、その造型でよしとした人間の気まぐれに対してである。単純なことであるとはいえ、このように重要な事実が哲学者たちの注意をそれほど惹いてこなかったのはどうしてだろうか。人間を「笑う術を心得た動物」[4]と定義した人は少なくない。もっとも、彼らは人間を笑わせる動物と定義することもできただろう。というのは、何かほかの動物や、生命をもたない物体がうまく笑わせたとしても、それは人間との類似や、人間がそれに貼り付けたレッテルや、人間がそこからひねり出した使用法によってであるからだ。

次に、これに劣らず注目すべき徴候として、笑いについてまわる無感動というものを指摘しておきたい。おかしさがそれとして生み出されるのは、非常に落ち着いた、まったく乱れのない心の表面に落ちてくる場合に限られるように思われる。無関心というのがおかしさの本来の環境である。笑いにとって情動以上の大敵はない。だから

4　原語は un animal qui sait rire。これに類似する表現として、ラブレー『ラブレー第一之書　ガルガンチュワ物語』（渡辺一夫訳、岩波文庫、一九七三年）の冒頭「読者に」の末尾にみられる「涙よりも笑いについて書く方がよい。笑うのは人間の特性なのだから」（Mieux est de ris que de larmes escripre, pour ce que rire est le propre de l'homme.）がある。

といって、わたしたちに憐憫の情を抱かせたり、ときには愛情さえも抱かせたりする人物を笑うようなことはありえない、とわたしは言いたいわけではない。ただその場合、しばらくのあいだ、その愛情を忘れ、その憐憫の情を黙らせる必要があるというだけだ。知性しかもたない人たちで構成された社会があるとしたら、彼らはたぶん泣くようなことはないだろうが、それでもおそらく笑うことはあるだろう。それに対して、いかなるときでも感性が豊かで、生に同調して離れず、どのような出来事にも感情の共鳴を引き起こすような心の持ち主は、笑いを知ることもなければ、理解することもないだろう。試しに、少しのあいだでいいから、人が言うことや人がすることの何もかもに関心を示してみてほしいのだ。想像のなかで、行動している人たちとともに行動し、感じている人たちとともに感じてみてほしい。要するに、あなたの共感を最大限に開花させてみてほしい。そうすれば、魔法の杖が一振りされたあとのように、どれほど軽いものでも重さを増し、どのようなものにもいかめしい色づけがなされるのをみることだろう。では今度は、すべての関心を断ち切ってみてほしい。無関心な傍観者として生に臨んでみてほしい。そうすれば、たくさんのドラマが喜劇に転ずることだろう。人が踊っているサロンで、音楽の音に耳をふさぐだけで十分だ。踊っている人たちがたちまち笑えるものにみえてくる。人間の行動のうちでどれくらいがこの種の試練に堪えられるだろうか。このときわたしたちが見るのは、人間の行動の多くが、それに付随する感情豊かな音楽から切り離されると、突如として厳粛なものから愉快なものへ移行する、ということではないだろうか。要するに、おかしさは、その効果を発揮するために、心情［心臓］に瞬間的に麻酔をかけるような何ものかを必要とするということだ。おかしさは純粋知性に訴えかけるのである。

ただ、この知性は他の知性との接触を維持していなければならない。これが注意を喚起しておきたかった第三の点である。もし自分が孤立していると感じていたら、おかしさを味わうことはないだろう。笑いは反響を必要としているように思われる。笑いによく耳を傾けてみてほしい。それは区切れのよい、明瞭な、完結した音ではない。それは周囲に響き渡りながら拡がっていこうとするような何ものか、山中の雷鳴のように、閃光に引き続いてごろごろと鳴り続ける何ものかである。にもかかわらず、この響き渡りは際限なく進んでいくわけではない。それはひとつの円の内部をゆっくり進んで行くのである。その円はどれだけ大きくてもかまわないが、囲われていることに変わりはない。わたしたちの笑いは常にひとつの集団の笑いなのである。あなたが列車に乗っているときや食堂のテーブルについているとき、旅行者たちがとりとめのない話を語り合っているのを聞いたことがあるだろう。本心から笑っているのだから、彼らにとってその話はおかしさがあるのに違いない。もしあなたが彼らの仲間だったとしたら、あなたも彼らと同じように笑ったことだろう。でも彼らの仲間ではなかったので、あなたは少しも笑う気になれなかったのだ。ある男に対して、誰もが涙をこぼしながら説教を聞いているのに、なぜあなたは泣かないのですか、と尋ねたところ、その男は「わたしはこの教区の者ではないので」と答えた。この男が涙について考えたことは、笑いについてはよりいっそう当てはまるだろう。笑いは、どんなに屈託のないものであっても、ある底意を隠しもっているのであり、その底意は一緒に笑う人たち――現実にいる場合もあれば、架空でしかない場合もある――が分かち合っている、ほとんど共犯関係と言ってもよいものである。劇場では、ホールの席が埋まっていればいるほど観客の笑いが大きく広がるというのは、何度も言われてきたことではないだろうか。また、おかしさを生む効果の多くがある言語から他の言語へ翻訳できないということ、したがって、社会の習俗や観念に応じて異なるということは、何度も指摘されてきたのではないだろうか。だが、この二つの事実の重要性を理解しなかったがために、わたしたちはおかしさのなかに、精神が面白がっているだけの単なる好奇心しか見てこなかったのであり、笑いそのもののなかに、笑い以外の人間の行動と関係のない、風変わりな、孤立した現象しか見てこなかったのである。ここから出てくるのが次のような定義、つまり、おかしさを「知的コントラスト」や「感じずにはいられない不条理」などといった、精神がもろもろの観念のあいだに見つけた抽象的な関係に求める定義である。[5] こうした定義は、たとえ実際におかしさのあらゆる形に当てはまるとしても、そのおかしさがわたしたちを笑わせるのはなぜか、ということを説明してくれるものでは少しもないだろう。実際、他のどのような論理的関係もわたしたちの身体を反応させることがないのに、この特定の論理的関係に限っては、それに気づいたとたん、わたしたちは腹を抱えたり、胸を反らせたり、体を揺らしたりすることになるのだが、このことは何に起因するのだろうか。もっとも、わたしたちが「笑いの」問題に取り組むのは、この側面を通じてではない。笑いを理解するた

5　ショーペンハウアー「意志と表象としての世界　正編（I）」第一巻「表象としての世界の第一考察」第十三節（『ショーペンハウアー全集2』所収、斎藤忍随・笹谷満・山崎庸佑・加藤尚武・茅野良男訳、白水社、一九七二年、一三四－一三八頁）を参照されたい。

めには、それを社会という、笑いの本来の環境のなかに置き戻さなければならない。そうすることでとりわけ、社会的機能という、笑いの有用な機能を明確にしなければならないのだ。あらかじめ言っておくと、そのようなものが、わたしたちの探究を主導する理念となるだろう。笑いは、共同生活のいくつかの要請に応じなければならない。笑いには社会的意味合いがあるに違いないのだ。

いま述べた三つの予備的な考察がひとつに集まる点をはっきり示しておこう。おかしさが生まれるのは、集団をなしている人たちが自らの感性を沈黙させ、ただ知性だけを行使することで、自らの注意のすべてを彼らのうちの一人に向けるようなときである、と思われる。では、彼らの注意が必然的に向けられる特定の点とは、どのようなものだろうか。そしてこのとき、知性は何に対して用いられるのだろうか。こうした問いに答えることは、すでに問題のすぐ近くまで迫っていることになるだろう。しかし、その例をいくつか挙げておくことが欠かせない。

二

一人の男がいて、通りを走っていたら、つまずいて転んだ。それを見て通りがかった人たちが笑う。わたしが思うに、もしこの男がふと思いついて地面に座りたくなったのだと想定することができれば、彼のことを笑う人はいないのではないだろうか。わたしたちはこの男が心ならずも座ってしまったことを笑うのである。だとすれば、わたしたちを笑わせるのは、男の姿勢がいきなり変化したことではなく、その変化にみられる不本意さ、不器用さである。石が路上にあったのかもしれない。それなら歩き方を変えるか、その障害物を避けて通るかすればよかったのだ。にもかかわらず、しなやかさに欠けていたせいか、他のことに気をとられていたせいか、身体が思うように動かなかったせいか、硬直や惰性の力によるのか、いずれにせよ外的事情としては他のことが要求されていたのに、筋肉は同じ運動を最後までし続けてしまった。そういうわけでこの男は転んだのであり、そのことを通りがかった人たちは笑うのである。

今度は、日常の瑣事(さじ)に数学的な几帳面さで取り組む人物がいるとしよう。いたずら者がいてこの人をとりまく事物に悪さをしたとするだけでいい。この人がインク壺にペンを浸して引き上げると固まったインクかすがついてくる。頑丈な椅子に座ったと思ったら床に落ちて大の字になる。やることが思い通りにいかなかったり、空回りしてしまったりするのは、いつも惰性の力によるわけだ。習慣のせいで弾みがついてしまったのである。本来なら、動作を止めたり、運動の方向を変えたりする必要があったのだ。けれども、そうしたことをまったくせず、機械的に一直線に続けてしまった。したがって、仕事場でのいたずらによって笑いの犠牲になった人物は、走っているときに転んで笑いの犠牲になった男とよく似た情況にある、ということになる。二人の犠牲者には同じ理由でおかしさがあるのだ。どちらの事例においても笑いを禁じえないのは、わたしたちが注意深くしなやかに、生き生きと柔軟に対処してほしいと願っているところに、ある種の機械的な硬直性がみられることである。両者のあいだの違いは、最初の事例が誰の手も借りずに起こったのに対して、第二の事例には人の手が加わっている、というただそれだけだ。先ほどの通りがかった人はただ観察しているだけだった。しかしここでは、いたずら者が実験しているのである。

　とはいうものの、どちらの場合においても、笑いを引き起こす決め手となったのは外的事情である。だからおかしさは偶発的なものだ。おかしさは、いわば、その人の表面にとどまっている。どのようにしてそのおかしさは内部に浸透するのだろうか。機械的な硬直性が露わになるには、外的事情の偶然や人の悪意によってその前に置かれた障害物を、もはや必要としないようにしなければならないだろう。機械的な硬直性が、絶えず更新されながら外部に発現される機会を、自然な操作によって、自分自身の奥底からひき出すようにしなければならないだろう。そこで、伴奏に遅れがちな旋律のように、やったばかりのことに気をとられるあまり、いまやっていることにどうしても気が回らないような精神の持ち主を想像してみよう。もはや存在しないものを見続け、もはや鳴り響いていないものを聞き続け、もはや適切でないことを言い続けるようにするといった、要するに、目の前にある現実に合わせて自分を成型しなければならないのに、もはや存在しない想像上の情況に自分を適応させ続けるといった、生まれつき弾力性を欠いた感覚と知性の持ち主を想像してみよう。おかしさはこの場合、ほかでもないその人に備わっていることになるだろう。おかしさに質料と形相、原因と機会のいっさいを提供することになるのは、その人なのである。緊張の緩んだ人（というのも、わたしが先述した人物がこれに当たるからだ）が一般に喜劇作家たちの感興をかり立ててきたことに驚くべきだろうか。ラ・ブリュイエールは日々の生活を送るなかでこうした性格に出くわしたとき、それを分析することで、面白い効果を大量に作り出す秘訣を手に入れたことに思い至ったのである。彼はそれを濫用した。彼は何度も執拗に立ち戻り、強調し、くどくどと述べることで、メナルクに関して、他のどれにも増して長々と、そして細々したところまで叙述したのである。[6] 主題の扱いやすさが彼を捕えて放さなかったのだ。緊張の緩みだけでは、実際、わたしたちはおかしさの源泉そのものに達していることにはおそらくならない。けれども、その源泉からまっすぐやって来る、事実や観念といったもののある種の流れのなかにいることはたしかである。わたしたちはおかしさに通じる自然にできた大きな傾斜のひとつの上に浮かんでいるのだ。

しかし、緊張の緩みがもたらす効果がそれ自体として強化されることもある。この効果には一般法則があって、わたしたちは先にその第一の適用事例を見出したところだが、それを定式化すると次のようになる。すなわち、おかしさがある原因のある結果として生じるとき、その原因が自然なものであると判断されればされるほど、その結果としてのおかしさは増してくるようにみえる、というものだ。わたしたちは単純な事実として目の前に示された緊張の緩みをすでに笑っているのである。その緊張の緩みがわたしたちの眼の前で生まれて大きくなるのを見てきたのであれば、つまり、その出発点を知っていて、その来歴を再構成できるのであれば、その緊張の緩みはいっそう笑いをとることになるだろう。そこで、適確な例として、ある人物が恋愛小説か騎士道物語を読書する習慣をもっていたと想定しよう。本に出てくる主人公に心惹かれ、魅了されて、この人物は少しずつ自分の思考と意志を主人公のほうへ移していく。そうこうするうちに、この人物は、夢遊病者のように、わたしたちのあいだを徘徊するようになるのだ。この人物の行動は他のことに気をとられている。ただ、そのように他のことに気をとられていることはすべて、既知のはっきりした原因と結びついている、というだけだ。それはもはや、単純に、現実に存在しないということではない。それは、想像上のこととはいえ、この人物がはっきり特定された環境のなかに現実に存在しているということによって説明されるのである。たしかに、落下は何

6　ラ・ブリュイエール『カラクテール（中）』第十一章「人間について」第七節（関根秀雄訳、岩波文庫、一九五三年、一三三－一四三頁）。

であろうと落下であることに変わりはない。しかし、あちこちよそ見をしていたために井戸に落ちるというのと、ひとつの星を見据えていたために井戸に転落するというのとは別のことである。ドン・キホーテが凝視していたのは、まさにひとつの星なのだ。[7]奇想天外な物語（ロマネスク）や異様な空想（シメール）の精神のおかしさがもつ深さは、なんと奥深いものだろうか。だが、それにもかかわらず、媒介としての役割を果たすはずの緊張の緩み［ぼんやりして行動すること］という観念をふたたび取り入れると、このきわめて奥深いおかしさが最も表層的なおかしさと結びつくのが見られるのである。そうなのだ、こうした空想的精神の持ち主たち、こうした熱狂者たち、こうした奇妙なまでに理屈にこだわる狂人たちがわたしたちを笑わせるのは、わたしたちのうちにある琴線［心］に触れるからであり、内部のメカニズム［体］を動かすからであるが、それらは仕事場でいたずらの犠牲になった人や通りで足を滑らした通行人をみたときに働くのと同じものなのである。彼らもまた、走っていて転んだ人たちであり、他人に担がれた馬鹿正直者たちであるのに違いない。ただし理想を求めて走っていて現実につまずく人たちなのであり、からかいの標的として付け狙われる人生を送る純朴な夢想家たちなのである。とはいえ、彼らは桁違いに緊張の緩んだ人であって、他の人たちに勝るところがある。それは、彼らの緊張の緩みが何から何まで徹底していて、ひとつの中心的観念の周囲に組織されているということ——彼らが災難に出くわすのもそれなりのわけがある、つまり、現実が夢想を修正する際に適用する冷厳な論理によって結びつけられているということ——であり、ひとつひとつの効果が次々に積み重なっていくことができるために、それを通じて彼らが自分たちの周囲に、際限なく拡大していく笑いを誘発するということである。

ではもう一歩先へ進むことにしよう。精神における固定観念の硬直性は、性格におけるある種の欠陥と対応するのではないだろうか。もって生まれた悪癖があるとか、意志が脆弱であるとかいった欠陥は、心のねじれに似ていることが多い。たしかに欠陥には、心が自らのうちに所持している多産な力能のすべてを抱えたままそこに深々と腰を落ち着けたり、心がそうした欠陥を活性化し、動いている円環のなかに引きずりこんでさまざまに変容したりするものもある。これらは悲劇的な欠陥である。けれ

7　該当箇所不明。なお、これとよく似た逸話として、星の観察をしていて溝に落ちたタレスのエピソードがある。プラトン『テアイテトス』一七四A－C（田中美知太郎訳、岩波文庫、二〇一四年［改版］、一二五－一二七頁）。

ども、わたしたちにおかしさをもたらすことになる欠陥は、それとは逆に、既成の枠組みのように外からわたしたちに運ばれてくるものであって、わたしたちはそれが運ばれてきてから自分をその枠組みに押し込むのである。その欠陥は、わたしたちのしなやかさを借りる代わりに、自らの硬直性(こわばり)をわたしたちに押しつける。わたしたちはそれを複雑化するのではない。それとは逆に、それがわたしたちを単純化するのである。そこに紛れもなく存しているようにみえるのが——その詳細は本書の最終章で示すつもりだが——喜劇とドラマの本質的な差異である。ドラマは、ある名称をもった情念や欠陥を描き出すときでさえも、そうした情念や欠陥を登場人物にとてもうまく溶けこませる。そのため、その名称は忘れられ、その一般的性格は消えて、わたしたちが考えるのは、もはやそうした情念や欠陥ではまったくなく、それらを一身に担う登場人物だけになる。そういうわけで、ドラマの表題が固有名詞でないということはまずありえない。それとは逆に、喜劇の多くは普通名詞を表題としている。『守銭奴』[8]、『賭博狂』[9]などがそうだ。もしわたしが、たとえば「やきもち焼き」と名づけられるような芝居を思い浮かべるよう求めたら、あなたの頭に浮かんでくるのは『スガナレル』[10]か『ジョルジュ・ダンダン』[11]であって、『オセロー』[12]ではないというのは明らかだろう。「やきもち焼き」は喜劇の表題以外にありえない。なぜなら、おかしさにはらまれる欠陥を登場人物と統合しようとどれほど心の内奥から望んでも無駄であって、その欠陥は依然として登場人物から独立した単純な存在であり続けるからである。つまり、その欠陥は不可視ながらも現前している中心人物であるのをやめないのであって、骨肉の備わった生身の登場人物は舞台の上でこの［中心］人物なしにはいられないのだ。その欠陥は登場人物を自分の重みで引きずり回したり、坂道に沿って自分と一緒に転がらせたりして面白がることもある。しかし、登場人物を道具のようにもてあそんだり、操り人形のように操作したりすることのほうがずっと多いだろう。注意深く考慮してみてほしい。そうすれば、喜劇詩人の技芸はわたしたちにこの欠陥を

8　モリエールの作品（『守銭奴』、鈴木力衛訳、岩波文庫、一九七三年［改版］）。
9　レニャールの作品。賭博にのめり込むあまり、自分や周囲の人物を顧みない若者ヴァレールの破天荒な姿が描かれた喜劇。
10　モリエールの作品（『モリエール全集』第2巻所収、鈴木力衛訳、中央公論社、一九七三年）。
11　モリエールの作品（『モリエール全集』第3巻所収、鈴木力衛訳、中央公論社、一九七三年）。
12　シェイクスピアの作品。

しっかり認識させ、観客であるわたしたちをその奥義に誘い込むことにあり、結果としてわたしたちはこの詩人が操っている人形の糸を何本か分けてもらうまでになる、ということがわかるだろう。そうなると、今度はわたしたちのほうがその人形を操るようになるのだ。わたしたちの喜びの一部はここからやって来る。したがって、ここでもまた、わたしたちを笑わせるのはほかならぬ一種の自動作用である。それも、単なる緊張の緩みときわめて近しい関係にある自動作用である。このことを納得するには、一般に喜劇の登場人物には、当の人物が自分自身のことを自覚していなければばいないほどおかしさがある、ということを指摘しておけば十分だろう。喜劇の登場人物は無意識的である。まるでギュゲスの指輪[13]を逆に使ったかのように、この人物は、自分の姿がすべての人には丸見えなのに、自分自身には見えなくなるのである。それに対して、悲劇の登場人物は、自分の行いを観客であるわたしたちがどのように判断しているかを承知の上で、それを少しも変えようとしない。この人物は実際の自分がどうであるかを十全に意識していても、また、自分に対してわたしたちが嫌悪を抱いているとはっきり感じていても、自分の行いを押し通すことがありうるのだ。けれども、笑いをもたらす欠点の持ち主は、自らが笑いをもたらしていると感じるやいなや、せ

めて外面的にだけでも、自らを取り繕おうとする。[14] もしアルパゴン[15]が自分の吝嗇を
わたしたちが笑うのを見たら、彼は、それを改めるとは言えないものの、わたしたち
に対して従前のように露骨に出すのを控えようとするか、従前とは違った仕方で示そ
うとするだろう。ここで断っておくと、笑いが「習俗を懲戒する」[16]というのは、とり

13　羊飼いのギュゲスが洞窟で見つけた黄金の指輪で、その玉受けを手の内側に回すと周囲から彼の姿が見えなくなり、外側に回すと再び見えるようになるという不思議な力をもつ（ただし異説あり。ここでは、プラトン『国家（上）』第二巻第三節三五九D－三六〇B〈藤沢令夫訳、岩波文庫、一九七九年、一〇八－一〇九頁〉に従った）。

14　たとえば、プラトン「ピレボス」二九（四七d－五〇b）（『プラトン全集4　パルメニデス　ピレボス』所収、田中美知太郎訳、岩波書店、一九七五年）を参照されたい。

15　モリエール『守銭奴』の主人公。

16　原語はchâtie（r） les mœursで、フランスの詩人サントゥイユがホラティウス『詩論』にヒントを得て考案したスローガンとされるラテン語castigat ridendo mores（笑わせながら習俗を矯正する）を援用したもの。こうした企図の事例としては、『タルチュフ』の「序文」および「『タルチュフ』について国王陛下に提出された第一の請願書」（『モリエール全集』第4巻所収、秋山伸子訳、臨川書店、二〇〇〇年、一五一－一五二頁および一五六頁）におけるモリエールの発言が挙げられる。

わけこの意味においてなのである。笑いは、わたしたちがあるべき自分の姿、いつかは本当にそこに落ち着くだろうという自分の姿、そうした姿に今すぐ見えるよう努力を促すのである。

この分析をこれ以上先へ進める必要はさしあたりない。走っていて転んだ人から他人に担がれる馬鹿正直者へ、担がれから緊張の緩みへ、緊張の緩みから熱狂へ、熱狂から意志や性格のさまざまなゆがみへと、わたしたちはこれまでおかしさが当人のなかに少しずつ深くはまりこんでいく進展を辿ってきた。それでもなおわたしたちが思い起こさずにいられなかったのは、おかしさがほんのわずかしか発現しない場合であっても、自動作用の効果や硬直性の効果といった、わたしたちがかなり大ざっぱな形で気づくような何ものかである。わたしたちはいまや、人間的本性の笑いを誘う側面と、笑いの通常の機能とについて、ひとつめの視点を手に入れることができる。ただしそれは、かなり遠くから捉えられたものであり、依然として判明でなく曖昧なものにとどまっている視点であるのだが。

生と社会とがわたしたち一人一人に要請しているもの、それは警戒を怠ることのない注意力である。この注意力によって現在の情況の輪郭が判然としたものになる。さらに、それは身体と精神のある種の弾力性でもある。この弾力性によってわたしたちは現在の情況に適応できる状態になる。緊張と弾力性、これこそ生が活用する二つの力であり、両者は相互に補完し合っているのだ。この二つの力が身体にひどく欠けていたらどうなるだろうか。その場合、身体の不自由、病気、あらゆる種類の偶発的事故が生じることになる。それが精神に欠けていたらどうなるのだろうか。その場合、あらゆる段階の心理的欠乏、ありとあらゆる狂気が生じることになる。ではそれが性格に欠けていたらどうなるだろうか。その場合、悲惨な運命の源泉となり、ときには犯罪のきっかけともなる、社会生活への根深い不適応に直面することになる。生存に深刻な影響を及ぼすこうした弱点がひとたび取り除かれると(しかもこうした弱点は生存競争と呼ばれてきたもののなかではおのずから除去される傾向がある)、その人は生きていくことができるし、他の人たちとともに生きていくことができる。しかし社会はそれ以外のことも必要としている。社会にとってただ生きるだけでは十分でない。社会はよく生きることにこだわるのである。だから社会が危惧すべきこと、それはわたしたち一人一人が生活の本質的な部分に関するものに注意を向けることで満足して、そのほかのすべてのことに関しては身についた習慣に基づく安易な自動作用に委ねてよしとすることである。また社会が懸念すべきこと、それは社会を構成している成員が意志疎通を相互にしっかり行って成員間の意志の均衡を精緻なものに近づけることをめざす代わりに、その均衡の基本的条件を尊重するだけで満足することである。人と人とが型通りに意志を一致させているだけでは社会にとって十分でない。人と人とが相互に順応し合うよう絶えず努力することを社会は必要としているのだ。したがって硬直性は、それが性格、精神、さらには身体に関わるいずれのものであっても、社会にとって悩みの種となるだろう。なぜなら、この硬直性は、ある活動が眠り込むことで表れてくるかもしれない記号（しるし）だからであり、また、ある活動が孤立することで、ある活動が共通の中心――その周囲を社会は重力に引かれて回っている――から遠ざかろうとすることで表れてくるかもしれない記号（しるし）だからであり、要するに常軌を逸した「中心から外れた」行為をすることで表れてくるかもしれない記号（しるし）だからである。にもかかわらず、社会はここで実際に抑止しようと介入することはできない。なぜなら実際に被害を蒙っているわけではないからだ。社会は自らを不安にさせる何ものかを目の当たりにしているのだが、それはただ徴候としてあるに過ぎない――ほとんど脅威となるものではなく、せいぜい身振りくらいのものなのだ。したがって社会がこれに応答するのも、単なる身振りをもってということになる。笑いとはこうしたジャンルの何ものか、一種の社会的身振りであるに違いない。笑いは、懸念を抱かせることで、常軌を逸した行為を抑止するのであり、秩序に準ずるものをもったいくつかの活動——それらは得てして孤立し、眠り込みかねないようなものである——を絶えず目覚めさせ、相互に接触させるのであり、要するに社会という身体の表面に機械的な硬直性（こわばり）となって残るかもしれないすべてのものをしなやかにするのである。したがって笑いは純粋美学に属するものではない。なぜなら、笑いは（無意識的に、そして少なからぬ個別的事例においては道徳に逆らってでも）社会を全体として完成に近づけるという実利的目的を追求しているからである。とはいうものの、笑いにはどこか美学的なところがある。なぜなら、おかしさが生まれるのは、社会［笑う側］と当人［笑われる側］が、自己保存の気がかりから解放され、自分自身を芸術作品のように扱い始めるまさにその瞬間だからである。一言で言うと、わたしたちが個人生活や社会生活を危険に晒す行動や性向、そうした生活から生じる自然な帰結によって罰を受ける行動や性向の周囲に円を描くとすれば、情動と闘争からなるその領域の外に、人間が人間に対して単に見世物として自らを与える中立地帯のなかに、身体、精神、性格といったもののある種の硬直性が残るのに、社会は、その成員から可能な限り大きな弾力性と高い社会性を手に入れようとして、そうした硬直性を除去したがる、ということである。この硬直性がおかしさであり、笑いはそれに対する懲戒である。

しかしながら、この単純な定式におかしさを生む効果すべての直接的な説明を求めようとしてはならない。たしかにこの定式は、おかしさがいかなる混濁物も含まず純粋であるような、基本的で、理論的で、非の打ちどころのない事例に適している。けれども、わたしたちは何にも増してこの定式を、これから説明することのすべてに付き従うようなライトモチーフにしたいのである。いま述べたことはいつも念頭に置いておく必要があるが、だからといってあまりこだわりすぎるのはよくないだろう――そうした姿勢は、技量の優れたフェンシングの選手が、体のほうは一糸乱れぬ攻撃に没入していながらも、頭のなかでは練習で身につけた動作を反芻していなければならないのと同じくらいでちょうどよいのである。さて、わたしたちがこれから取り戻そうと努めるのは、おかしさのもろもろの形式のあいだの連続性そのものである。それは、道化師の悪ふざけから喜劇の最も洗練された演技にいたる糸を捉え直し、思いもよらないまわり道をすることがあってもこの糸を辿り続け、ときには自分の周囲を見つめ直すために立ち止まり、最終的には、もし可能であれば、その糸を吊るしている点に、そしておそらくそこから芸術と生活の一般的な関係——なぜならおかしさは生活と芸術のあいだを揺れ動いているのだから——が現れてくるような点に遡っていくものとなるだろう。

三

最も単純なものから始めよう。おかしさのある顔つきとはどんなものだろうか。笑わずにいられない顔の表情はどこからくるのだろうか。そして、このように問うとき、おかしさと醜さを区別するものは何だろうか[17]。このように措定されると、問いは恣意的な仕方でしか解決されないことがほとんどだった。この問いはとても単純なもののようにみえるけれども、正面から取り組むにはすでにあまりにも微妙であり過ぎてい

17　アリストテレス『詩学』第五章（一四四九a三二－三七）を参照されたい。

る。だからまず醜さを規定することから始め、その後でおかしさがそれに何を付け加えるかを探求すべきだろう。そうはいっても、醜さが美しさよりもずっと分析しやすいということはないのだが、ともあれわたしたちはこれから少なからず役に立つと思われる技巧をさっそくためしてみることにしよう。原因がはっきりわかるようになるまで結果を拡大して、いわば、問題を膨らませてみることにしよう。そうして醜さをいっそうひどいものにしてみることにしよう。醜さを不格好さにまで押しやってみることにしよう。そしてどのようにして人が不格好なものから笑いをもたらすものへ移行するのかを見てみることにしよう。

　ある種の不格好さが他の不格好さと比べて、場合によっては、より笑いを誘発しかねないという嘆かわしい特権をもっていることは、議論の余地がない。その詳細には立ち入るまでもない。読者にお願いしたいのは、さまざまな不格好さに当たってみることと、そうして当たってみた不格好さを、一方は自然が笑いを誘うものへと方向づけたもの、他方は笑いを誘うものから隔絶されているもの、という二つのグループに区別することだけである。そうすれば、読者は最終的に次の法則を引き出すことになる、と思われる。すなわち、しっかりした格好の人でも難なく模倣してしまえるような不格好さはすべておかしさをもったものになりうる。

　そうなると、せむしの男は姿勢が悪い男のように見えてこないだろうか。彼の背には悪い癖がついてしまったのである。肉体がこわばっているために、硬直しているために、その背は身についた習慣を止められないのだろう。このように、ただ自分の目だけで見ようと努めてもらいたい。反省してはいけないし、とりわけ推論してはいけない。既得の知識や経験を忘れ去ってもらいたい。そうして、素朴で、直接的な、原初の印象の探究に向かってもらいたい。そうすれば、まさにこの種のヴィジョンを取り戻せるだろう。目の前には、自らが望む通りの姿勢で自分を硬直させた男、あるいはこういう言い方ができるとしたら、自分の身体をしかめ面させた男がいることになるだろう。

　では、わたしたちが解明を望んでいた点に立ち戻ってみよう。笑いを誘う不格好さを弱めれば、おかしさを生む醜さが得られるに違いあるまい。したがって、笑いを誘う顔の表情は、いわば、顔つきのありふれた動きのなかで、硬直した、固まった何ものかを思わせるような表情ということになるだろう。顔面が痙攣した状態で固まってしまったもの、しかめ面のままで動かない状態になったもの、そうしたものこそ、わたしたちが笑いを覚える顔の表情に見ることになるものなのだ。顔のふだんの表情は、たとえしとやかで美しいものであっても、刻み込まれてしまって直らない皺（しわ）／癖（くせ）[pli]と同じ印象を与える、と言う人もいるだろう。しかし、ここで重要な区別をしておくべきである。わたしたちが表情の美しさについて話すとき、また表情の醜さについて話すときであっても、わたしたちがある顔に何らかの表情があると言うとき、取り上げられているのはおそらく変化しない表情なのだが、わたしたちはそこに動きをみてとっているのだ。その表情は、固定された状態にありながらも、未決定なところを残していて、そこにはその表情にあらわれる心の状態のありとあらゆるニュアンスが混然と描かれている。そのニュアンスとは、春の明け方に靄がかかっていることがあっても、そこに昼は暖かくなる気配が漂っているようなものだ。しかし、おかしさをもった顔の表情は、その表情が与える以上の何ものも予期させない表情である。それは唯一の決定的なしかめ面である。その人の精神的な生活のすべてがこの表情の体系となって結晶したと言ってもよい。何らかの単純で機械的な行動の観念を、その人の人間性が封印されてしまっているような観念を顔が示唆すればするほど、その顔はおかしさを増していくのもそうしたわけだ。絶えず泣いてばかりいるようにみえる顔もあれば、笑ってばかりいるように、あるいは口笛を吹いてばかりいるようにみえる顔もあるし、実際には手にもっていないトランペットをひたすら吹き続けているようにみえる顔もある。こういった顔はあらゆる顔のなかで最もおかしさをもったものである。そしてここでもまた、そのようにみえる原因が自然に説明のつくものであればあるほど、そこから生じる結果はおかしさを増していく、という法則の正しさが確証される。自動作用、硬直性、刻み込まれてしまって直らない皺／癖、こういったものを通じて顔つきはわたしたちを笑わせるのだ。しかし、わたしたちがこうした特徴をひとつの奥深い原因に結びつけることができるとき、あたかもその人の心が単純な行動の物質的側面を通じて魅了され幻惑されたかのように、その人の基底にある緊張、の緩みとみなしうるものに結びつけることができるとき、この効果は強度を増すのである。

戯画（カリカチュア）のおかしさがわかるようになるのはそうしたときである。ある顔つきがどれほど端整であっても、その輪郭がどれほど調和のとれているものと思えても、その動きがどれほどしなやかであっても、決してその均衡が絶対的に完全なものであるということにはならない。そこには、皺／癖が現れる徴候や、しかめ面になりそうな気配や、要するに自然のほうから進んで自らをゆがめるような不格好さが常にみてとられるだろう。戯画作家の技芸は、知覚しづらいこともあるこの動きを捉えるところに、そしてそれを拡大してあらゆる人の目に見えるものにするところにある。戯画作家は、モデルにした人たちが自分にできるぎりぎりのところまでしかめ面をしたらそうなるのではないかというくらいに、彼らにしかめ面をさせる。戯画作家は形式［形相］の表層的な調和の下に、素材［質料］の奥深い反逆を見抜く。戯画作家は不釣り合いと不格好さを現実に描き出すのだが、それらは自然のなかに漠然とした傾向をもった状態で存在していたに違いないものの、それよりも優勢な力に押し返されて現実化することができなかったのである。戯画作家の技芸には悪魔的な何かがあって、天使が打ちのめした悪魔を助け起こすのだ。たしかにこれは誇張する技芸であるが、だからといって、その目的が誇張にあるとするのは、規定の仕方としてあまりよくない。というのも、肖像画より実物によく似た戯画もあれば、誇張がほとんど感じられない戯画もあるからであり、逆に、極端に誇張しても戯画のもつ真の効果が得られないこともあるからだ。誇張におかしさがあるためには、誇張が目的として現れるのではなく、単なる手段として、作家が自然のなかによじれが生じようとしているのを見て、そのよじれをわたしたちの目にはっきり見せるために用いる単なる手段として現れるのでなければならない。重要なのはこのよじれであり、それが興味深いのである。だからこそ、顔つきのうちで動くことがありえない諸要素に至るまで、鼻の曲がり具合や耳の形にさえもこのよじれを探し求めていくことになるわけだ。これは、形というものがわたしたちにとって動きのデッサンに当たる、ということである。戯画作家は鼻の寸法を変更しても見てくれは尊重する。たとえば、すでに自然に伸びていたのと同じ方向に鼻を伸ばすのだが、そうすることで本当にこの鼻にしかめ面をさせるのだ。そうなると、実物の鼻のほうもまた、わたしたちには自らを伸ばしてしかめ面をしようとしたもののようにみえてくることになる。この意味では、自然がそれ自身、戯画作家として成功を得ることもある、と言うこともできるだろう。自然はあの人の口の裂け目を大きくし、顎を狭め、頬を膨らませたのだが、そうした動きを取り入れることで、もっと理性的な力が行き過ぎを抑制する監視の眼を欺き、そのしかめ面をぎりぎりのところまでもっていくことに成功したように思われる。わたしたちはこのとき、いわば、その顔自身が自らの戯画となっているのをみて笑うのである。

要するに、わたしたちの理性が支持する学説がどのようなものであるにせよ、わたしたちの想像力は確固とした自分の哲学をもっているのである。人間にみられるあらゆる形のなかに、わたしたちの想像力は物質を加工する心の努力を認めるのだが、その心は、無限にしなやかで、永遠に動いており、地球がそれを引きつけるのではないのだから、重力の制約を免れている。この心は、翼が生えた軽やかさのようなものを身体に伝えることで、身体に生気を与える。こうして物質のなかに移行する非物質性が優美と呼ばれるものである。しかし、物質はこれに抵抗し、自らに執着する。物質はこの高次の原理の常に目覚めた活動を自らに引き寄せるのであり、それを物質自身の惰性に転換して自動現象に退化させたがっているのである。物質は身体にそなわった巧妙にも変化に富んだ動きを愚鈍にも身についた癖に固定し、顔つきにみられる動きのある表情を安定したしかめ面に凝固させたがっているのであり、要するに、生気のある理想的なものと接触して絶えず自分を更新していく代わりに、機械が行う仕事とさして変わらない物質性のなかに沈み込まされ、吸収されていると見紛うような態度をあらゆる人に刻みつけたがっているのである。物質は、このように心の生を外部から鈍らせ、その運動を凝結させ、要するにその優美を損なうことに成功する場合に、身体からおかしさを生む効果を手に入れる。だからもしここでおかしさをその反対物と対比させて規定したいのであれば、おかしさを美よりも優美に対比させるほうがずっとよいに違いあるまい。おかしさは醜さ［laideur］であるというよりもむしろ硬直性（こわばり）［raideur］なのである。

四

わたしたちは形のおかしさから身振りや動作のおかしさへ移ることにしよう。この種の事実を支配しているようにみえる法則をさっそく述べておきたい。その法則はこれまで読んでいただいたもろもろの考察から苦もなく引き出されてくる。

人間の身体による態度、身振り、動作がどれくらい笑いをとるかは、当の身体が単なる機械をどの程度までわたしたちに連想させるのかということと、正確に対応している。

この法則の直接的な適用事例を詳細にわたって追求することはしないでおく。そうした事例は数えきれないほどあるのだ。この法則をじかに検証するにあたっては、漫画家[18]の作品を詳しく研究するだけで十分だろう。その際、先に格別な説明を与えておいた戯画の側面を除外し、デッサンそれ自身に内属しないおかしさをもった部分も考慮に入れないでおく。というのも、勘違いしてはならないことだが、デッサンのおかしさは借り物のおかしさであって、その主たる経費は文学から賄われている、ということも少なからずあるからである。ここで言いたいのは、漫画家は諷刺作家、さらにはヴォードヴィル作家を兼ねることができるということ、そしてその場合、わたしたちはデッサンそれ自身よりもデッサンに表現されている諷刺や喜劇的場面のほうを笑うということである。けれども、デッサンのことしか考えないという確固たる意志をもってデッサンに向き合えば、きっとわかると思われるのは、デッサンとは、あからさまに、しかも控え目に、人間を手足が自由に動く人形に見せるものであって、一般にそうした見せ方に応じておかしさのあるものになるということである。［一方で］この示唆はあからさまでなければならない。わたしたちは透けて見えるかのようにはっきりと、その人の内部に分解可能な機械仕掛けを認めるのでなければならないのである。しかしまた［他方で］、この示唆は控え目でなければならない。手足の一本一本が硬直して機械の部品のようになってしまっていても、全体としてみればその人は生きている存在であるという印象をわたしたちに与え続けなければならないのである。ひとりの人とひとつの機械というこの二つのイメージが相互にうまくかみ合っていればいるほど、おかしさを生む効果はますます人の心をとらえるようになっていくし、漫画家の技芸は熟達の域に近づいていることになる。だとすれば、漫画家の独創性は、この画家が単なる操り人形に注ぎ込む生の種類によって、それとして定義することができるだろう。

けれども、わたしたちはこの原理の直接的な適用事例に触れることはせず、ここではその行き着く先にある帰結だけに専心することにしよう。人の内部で働いているとされる機械というヴィジョンは、たくさんの面白い効果を通じて外へ出てくるものである。けれども、たいていの場合、それは束の間のヴィジョンであって、そこで誘発される笑いのなかですぐに消えてしまう。これを定着させるためには、分析と反省という努力が必要である。

たとえば、ここに、一人の弁論家がいて、その人の身振りが言葉と拮抗していると

18　原語は dessinateur comique で、絵と文によるコマ割り形式の読み物（コマがひとつであったり、文が添えられていなかったりする場合もある）を描く画家のこと。

しよう。言葉に負けたくないという思いから、身振りは思考の後を追いかけ、自らもまた、思考の代弁者として役に立ちたいと願う。そうしてもかまわない。だがこのとき、身振りは思考の進展を細部に至るまで辿っていくことを余儀なくされる。観念は、演説の始めから終わりまで生長し、つぼみを膨らませ、花を咲かせ、実を稔らせるものである。観念が立ち止まることは決してない。観念が繰り返されることは決してない。観念は絶えず変化しなければならないのだ。というのも、変化するのをやめれば、生きるのをやめることになるからである。だから身振りも観念のように活力を帯びたものとなるべきなのだ。身振りは、決して繰り返されないという生の基本法則を受け入れるべきなのだ。けれどもここで、腕や頭の動き方が、いつも同じであって、わたしには周期的に立ち戻ってくるようにみえるとしよう。もしわたしがそれに気づいたとしたら、もしそれがわたしの緊張を緩めるのに十分であるとしたら、もしそれが次にやってくるのをわたしが待ち受けているとしたら、もしわたしが待ち受けているときにそれがやってくるとしたら、思わずわたしは笑ってしまうだろう。なぜだろうか。わたしが自動的に働く機械を目の当たりにしているからだ。この機械はもはや生に属していない。それは生のなかに据え付けられ、生を模倣する自動作用に属している。

それはおかしさをもったものに属しているのである。

そこにはまた、わたしたちが笑おうなどと思いもしなかった身振りであっても、それを別の人が模倣すると笑いを禁じえなくなることの理由がある。このとても単純な事実に対してきわめて複雑な説明が求められてきた。ほんの少しでもよく考えてみれば、わたしたちの心の状態が刻々と変化しているということがわかるだろうし、わたしたちの身振りがわたしたちの内部の動きに忠実に従っていて、わたしたちが生きているのと同じように生きているのなら、その身振りが繰り返されることはないということがわかるだろう。わたしたちの身振りがあらゆる模倣を寄せつけないのは、そうした事情による。したがってわたしたちは、自分自身であるのをやめる場合にのみ、模倣可能なものになり始めるのだ。わたしが言いたいのは、わたしたちの身振りのうちで模倣できるのは機械のように画一的なところだけであり、つまるところ、わたしたちの生きている人格に関係ないところだけである、ということだ。誰かを模倣するとは、その誰かの人格のなかにそれとなく根づいてしまった自動作用の部分を引き出すことである。したがってそれは、規定そのものからして、その誰かがおかしくみえるようにすることであり、だとすれば模倣が笑わせるというのは驚くべきことではないのである。

ところで、もし身振りの模倣がそれだけですでに笑いを誘うものであるなら、その模倣が、たとえば木を鋸で切るとか、鉄床（かなとこ）を打つとか、実際にはない呼鈴の紐を根気よく引くといったような、どこか機械的な操作の方向に、その形をゆがめることなく、向きを変えることだけを考えたら、それだけいっそう笑いを誘うものになるだろう。だからといって、通俗性がおかしさの本質であるということではない（通俗性にはおかしさに関係するところがたしかにあるけれども）。それよりもむしろ、特徴をうまく捉えた身振りを単純な操作に結びつけることができるとき、まるで最初から機械的であるべく定まっていたかのように、その身振りはよりはっきりと機械的なものにみえるということである。この機械的なものという解釈を示唆することは、パロディが好んで用いるやり方のひとつであるに違いない。わたしたちはいまそれをア・プリオリに演繹（えんえき）したところだが、道化役者たちはおそらくずっと前からそれを直観していたのである。

パスカルが『パンセ』の一節で提出した小さな謎、すなわち「よく似た二つの顔があり、いずれも別々では特に笑わせることがないのに、一緒に並ぶとよく似ていることで笑わせる」は、このようにして解かれる。これと同じことは「そのヴァリアントである」「弁論家の身振りも、別個にみたら特に笑いを覚えることはないのに、それが繰り返されることで笑わせる」[19]についても言えるだろう。生が本当に生気のあるものであれば繰り返されるはずなどないからだ。繰り返しや完全な相似があるところでは、わたしたちは生きているものの背後で機械が働いているのではないかと疑いをかける。あまりにもよく似た二つの顔を目の当たりにしたときに受ける印象を分析してみるといい。そうすれば、同じ鋳型でとった二つのサンプル、同じ印章を押した二つの捺印、同じ原版からの二つの複製、要するに工業生産の製造過程を思い浮かべていることに気づくだろう。こうして生の向きを機械の方向に変えることが、ここでは笑いの紛れもない原因となっているのである。

だから、パスカルの例におけるように二人の人物だけを舞台に立たせるのはやめて、それより多くの人物を、できる限り多くの人物を、みんなお互いによく似ていて、し

19 パスカル『パンセ』ブランシュヴィック版一三三（前田陽一・由木康訳、中公文庫、一九七三年、九〇頁）。

かも同時に同じ態度をとり、同じような身振りをしながら、一緒に行ったり、来たり、踊ったり、動き回ったりする人物を舞台に立たせたら、笑いははるかにずっと強いものになるだろう。そうなるとわたしたちには操り人形がありありと思い浮かんでくる。目に見えない糸が腕を腕と、足を足と、ある顔つきに関わる筋肉のひとつひとつを別の顔つきに関わるそれと似通った筋肉のひとつひとつと結び合わせているようにみえてくるのだ。これは、両者の対応関係が強固なために、形のもつ柔らかさそれ自身がわたしたちの眼の前で凝固し、いっさいが堅くなって機械のようになる、ということである。少々品のないあの幕間の余興の技巧とはそうしたものだ。余興を演じている者たちは、おそらくパスカルを読んだことはないだろうが、パスカルのテクストが示唆している観念をぎりぎりのところまで推し進めていることは間違いない。そして、後者の場合［操り人形の例］、笑いの原因が機械的な効果をもったヴィジョンにあるとしたら、前者の場合［舞台の例］もそうであったのはすでに疑いのないところだが、それがもっと微妙な仕方によっているのである。

この方向性をそのまま辿っていけば、先ほど措定した法則の帰結がだんだん射程を広げていき、重要さも増していくことに、不明瞭ながらも気づかされる。機械的な効果のよりいっそう捉えにくいヴィジョンが、もはやただ単に人の身振りによってではなく、人の複雑な行動によって示唆されるヴィジョンが予感されるのだ。ここから推察されるのは、喜劇で常日頃から用いられている技巧、ひとつの言葉やひとつの場面の周期的な繰り返し、役割の対称的な入れ替わり、取り違えの幾何学的な展開、さらにそれ以外にも多くの演技がもっているおかしさを生む力は同じ源泉から汲み取られているのではないかということである。というのも、ヴォードヴィル作家の技芸はおそらく、人間的な出来事に対して目に見える仕方で機械的な分節を行っておきながらも、当の出来事にもっともらしい外見を、つまり生の見かけだけのしなやかさをもたせた上で、わたしたちに提示することにあるからだ。だが、分析を進めていけば整然と引き出されてくるに違いない結果を先取りするのはやめておくことにしよう。

五

もっと先へ進む前に、一息入れて、わたしたちの周囲を一瞥してみよう。本章の冒頭で仄めかしておいたことだが、おかしさを生む効果のすべてをたったひとつの単純な定式から引き出そうとするのは、とうてい現実的とはいえないだろう。ある意味では、そうした定式はたしかに存在する。しかし、それは一律に展開されるものではない。どういうことかというと、演繹するときはいくつかの支配的な効果に注意を向けることがあってしかるべきだということであり、また、そうした効果のひとつひとつはモデルとして現れるのであって、そのモデルの周囲には、当の効果とよく似た新しい効果が輪を描いて配置されるということである。その新しい効果は定式から演繹されるものではないが、定式から演繹される効果と親縁関係があるためにおかしさがあるのだ。もう一度パスカルを引用するなら、わたしたちはここで精神の歩みを、この幾何学者［パスカル］がルーレット［*roulette*］という名称の下で研究した曲線によって、つまり馬車が一直線に進むとき、その車輪［roue］の円周上の一点が描く曲線によって定義してもかまわない。この点は車輪と同じように回転するが、馬車と同じように進みもするのである。[20] あるいは、森林を貫く幹線道路［route］を思い浮かべるべきかもしれない。この道路には一定の間隔で十字標や交差点が設置されており、交差点に着くたびに、十字標の周囲を回り、それぞれの方向に通じている車道を確認した上で、最初に向かっていた方角へ戻ることになるだろう。わたしたちがいるのはこうした交差点のひとつである。生きているものに被せられた機械的なもの、これこそ立ち止まるべき十字標、つまり想像力がさまざまな方向に放射状に広がっていく出発点としての中心的イメージである。それはどんな方向だろうか。それには三つの主要な方向が認められる。わたしたちはそれをひとつずつ辿ってから、あらためてわたしたちの辿るべき道筋をまっすぐ進むことにしよう。

一．――まず、機械的なものと生きているものがお互いにかみ合っているという先のヴィジョンに立つと、わたしたちは生の動きに重ね合わされた何らかの硬直性といった、より漠然としたイメージのほうへ、たどたどしい仕方で生の線を辿り、生のしなやかさを偽造しようとするイメージのほうへ逸れていくことになる。だとすれば、衣服が笑いをもたらすものになるのはどれほどたやすいかということも簡単に察することができる。どのような流行にもどこか笑いを禁じえない側面があると言っても差

20　B. Pascal, "Histoire de la roulette" in *Œuvres de Blaise Pascal*, Hachette, Paris, 1914, Kraus Reprint, Nendeln/Lichtenstein, 1977, p. 195.（なお、当該箇所におけるパスカルの記述によれば、この着想を得るヒントを提供してくれたのはメルセンヌ神父らしい）。

し支えないだろう。ただ、それが現在の流行である場合は、わたしたちがそれにあまりにも慣れてしまっているために、衣服とそれを着ている人とが一体になっているようにみえる、というだけだ。わたしたちの想像力が衣服とそれを着ている人とを切り離すことはない。覆うものに存する生気のない堅さと、覆われているものに存する生気のあるしなやかさを対比しようという観念がわたしたちにやってくることはもはやないのである。だからここではおかしさが潜在的な状態にとどまっている。おかしさが首尾よく現れ出てくるのは、覆っているものと覆われているものとが本性的に相容れず、その相容れなさがあまりにも根深いために、長い時間をかけて両者を接近させようとしても、両者の結びつきを強固なものにすることがうまくいかなかったときぐらいのものだろう。たとえば、シルクハットの事例がそれに当たる。だがそれよりも、むかし流行した装束に今日身を包んでいる変わり者がいると仮定してもらいたい。このときわたしたちの注意は衣装に向けられており、わたしたちは衣装とそれを着ている人とを完全に区別するのであって、その人［自身］が変装している、と言うのだが（まるでどんな衣服であっても人を変装させることなどないかのように）、そうすることによって流行にみられる笑いを誘う側面が暗がりから明るみへ移行するのである。

おかしさの問題は細部にわたって大きな困難を引き起こすのであり、わたしたちはいまその困難のいくつかを瞥見し始めている。笑いに関して誤った、または不十分な理論がたくさん生じてきた理由のひとつに、多くの事物が理屈としてはおかしいのに事実としてはおかしくないということが挙げられる。何度も同じように使ったせいで、おかしさを生む効力がその事物のうちで眠り込んでしまったのだ。この効力をふたたび目覚めさせるには、同じやり方を唐突に切断すること、流行と絶縁することが必要である。そうすると、この切断は、おかしさに気づくきっかけに過ぎないのに、おかしさを生み出す要因のように思われてくるし、また、笑いは意外性やコントラスト等々といった、わたしたちが笑いたいとまったく思わない数多くの事例にもよく当てはまるような定義で説明されることになる。だが本当のところはそれほど単純ではない。

そうはいっても、わたしたちはここで変装という観念に到達したのである。先ほど示したように、この観念は笑わせる力能を正規に委託されている。だからこの観念がその力能をどのように使用するかを探求しても無益ではないだろう。

頭髪が褐色からブロンドに変わると、なぜわたしたちは笑うのだろうか。赤茶けた鼻のおかしさはどこからくるのだろうか。そして、なぜ黒人をみると笑うのだろうか。これは厄介な問いのように思われる。なぜならヘッケル、クレペリン、リップスといったような心理学者たち[21]が相次いでこうした問いを取り上げ、それぞれ異なった仕方で答えているからだ。しかし、この問いは、たった一人の馭者によって、街頭で、ある日わたしの目の前で解決されたように思われてならない。この馭者は自分の馬車に座った黒人の客に「顔の洗い方が足りない［しっかり顔を洗え］」と罵ったのである。顔の洗い方が足りないだって！　ということは、わたしたちが想像するに、黒い顔はインクか煤を塗りたくった顔ということになるのだろう。[22]同じような成り行きで赤い鼻は朱色を一塗りした鼻にほかならないということになる。したがってここでは、変装がそのおかしさを生む効力のいくらかのものを、変装していないのに変装していると思ってしまったらそうみえなくもないような事例に譲ったのだ。先ほどは、普段の衣服とそれを着ている人とを区別しようとしてうまくいかなかった。わたしたちにはその衣服とそれを着ている人とが一体になっているように思われたということなのだが、それはその衣服を見慣れていたからである。ここでは、黒や赤といった色合いを皮膚に固有に備わっているものとみなそうとしてうまくいかないのである。わたしたちはそうした色合いを人為的に被せられたものとみなすわけだが、それはそうした色合いが意外に思われるからである。

以上のことから、間違いなく、おかしさの理論にとって一連の新たな困難が生じてくる。「わたしの普段の衣服はわたしの身体の一部をなしている」というような命題は、理性の目には不条理なものと映る。にもかかわらず、想像力はこれを真とみなすのである。「赤い鼻は彩色した鼻である」とか、「黒人は変装した白人である」といった命題も、推論する理性にとってはやはり不条理であるが、単なる想像力にとってはきわめて確かな真である。したがって想像力の論理というものが存在するのだ。それは理性の論理とは異なっていて、ときには理性の論理に対立することさえありながらも、哲学がおかしさの研究をするときだけでなく、それと同じ領域に属する他の探究を行うときにも考慮しなければならないような論理である。それは夢の論理のような

21　序に付された文献一覧を参照されたい。

22　ここでの馭者の言葉は、もちろん、客である黒人に対する揶揄や差別としてではなく、黒人とおそらく初対面だったために自らの無知をさらけ出したものであり、ベルクソンはそれを変装によって笑いが生じる典型的な例とみなしたのである。

何ものかであるが、夢といっても、社会全体で夢みられる夢であるから、個人的な妄想の気まぐれに委ねられないような夢なのだ。この論理を再構成するためには、まったく特殊な種類の努力が必要である。わたしたちはその努力を通じて、たっぷり積み重なった判断と、どっしり腰を据えた観念とによって形成されている外殻を持ち上げ、ほかならぬ自分自身の奥底に、地下水の水脈のように、相互に入り混じっているイメージがたゆたいながら連続的に流れていくのをじっと見つめることになるのである。こうしたイメージの相互浸透は偶然に生起するのではない。それは法則に従っている。というよりもむしろ習慣に従っている。法則や習慣が想像力とのあいだにもっている関係は、論理が思考とのあいだにもっている関係に等しいのである。

だから、この想像力の論理をわたしたちが専心している特殊な事例のなかに辿っていくことにしよう。変装している人にはおかしさがある。変装しているようにみえる人にもやはりおかしさがある。この発想を拡張していくと、どのような変装も、つまり、ただ単に人が変装していることだけでなく、社会が変装していることも、そして自然が変装していることさえも、おかしさをもったものになってくる。

自然［の変装］から始めよう。毛が半分ほど刈られた犬や、人工的に彩色された花が植えられた花壇や、木々の一面に選挙ポスターが貼られた森をみると笑いがこぼれる。その理由を探してみるといい。すると、仮装パーティのことを考えていると気づくだろう。とはいえ、ここでは、おかしさはずっと弱められている。源泉からあまりにも遠ざかっているためだ。おかしさを強化したいのであれば、源泉そのものに遡行しなければ、つまり、仮装パーティのイメージという派生的なイメージを、原初のイメージに連れ戻さなければならないだろう。というのも、覚えておられると思うが、この原初のイメージは生を機械的に模造したイメージだったからだ。機械的に模造された自然は、このとき紛れもないおかしさの動機（モチーフ）となって現れる。だから空想力はその動機に基づいて、大笑いの成功をものにできるという確信のもとにさまざまな変奏（ヴァリエーション）を実演することができるようになるのである。『アルプスのタルタラン』のとても面白い一節を思い起こしてみよう。そこでは、ボンパールがタルタランに（したがって、少しばかり読者にも）オペラ座の舞台下にある装置のように機械仕掛けになったスイスの観念を、ある会社が滝や氷河や偽物のクレヴァスを仕込んで作り上げたスイスの観念を受け入れさせている。[23] やはり同じ動機だが、まったく別の音調（トーン）に移調されたものが、イギリスのユーモア作家ジェローム・K・ジェロームの『ノヴェル・ノーツ』にみられる。大邸宅に住む年老いた女主人が、自分の慈善事業にあまり振り回されたくないと思い、自分の屋敷のすぐ近くに無神論者たちやお人好したちを住まわせるのだが、実をいうと、その無神論者たちは彼女に改宗してもらうべくわざわざでっち上げられたのであり、お人好したちは彼女に悪習を治してもらうために大酒飲みに仕立てあげられたのである、等々。[24] またこの動機が、伴奏となって自らを役立てるごまかしのない、あるいはみせかけの無邪気さに混じって、はるか遠くに聞こえる反響となって見出されるようなおかしさをもった言葉が存在する。たとえば、天文学者カッシーニが月食を見に来るよう招待した婦人が遅れて到着したときに述べた「カッシーニさんはわたしのために始めからもう一度やってくださるわね」[25]という言葉、さらにはゴンディネの登場人物の一人［ポリテリッソン］が、ある町に到着して付近に死火山があると知ったときに叫んだ、あの「ここの人たちには火山があったのに、それを消えるままにしておいただなんて」という言葉がそれに当たる。[26]

社会［の変装］に移ろう。社会のうちで生き、社会によって生きているのだから、わたしたちは社会を生き物のように取り扱わずにはいられない。だから、社会が変装するとか、社会が仮装パーティを開くといったような観念をわたしたちに示唆するイメージがあるとすれば、それは笑いを誘うだろう。ところで、わたしたちが生気のある社会の表面に、生気のないもの、すっかり出来上がっているもの、要するに既製のものを認めるとたちまち、こうした観念は形成される。それはやはり硬直性であって、しかも生の内部にあるしなやかさと相容れない硬直性である。したがって、社会生活

23　ドーデー『アルプスのタルタラン』五「トンネルの中の内證話」（畠中敏郎訳、岩波文庫、一九五三年）。タルタランと旧知の仲である案内人ボンパールが、もっぱら英米の登山者に向けたスイスの商業主義を揶揄する場面を指す。

24　J.K. Jerome, *Novel Notes*, Leipzig, Bernhard Tauchnitz, 1894, chap. III.（ジェローム『ノヴェル・ノーツ』第三章）

25　*Œuvres complètes de Marmontel*, Tome XIV, ÉLÉMENTS DE LITTÉRATURE, Troisième Volume, Paris, 1818, p. 575.（精確には、天文観測所に向かう途中、月食に間に合わないのではないかと心配する同伴者に対して「カッシーニさんはお友達ですし、わたしのために始めからもう一度やってくださるわ」と言ったとされている）。

26　E. Gondinet, *Le Panache*, Acte II, scène IX.（ゴンディネ『羽飾り』第二幕第九景。精確には、「ここの人たちには火山があるというのに、それを消えるままにしているというのか」である。なおゴンディネはリムザン地方ローリエール出身の劇作家・劇製作者。ラビッシュやドーデとの共同作業でも知られる）。

の儀式ばった側面はおかしさとなるものを隠し持っているはずであり、それは白昼の明るみに飛び出す機会をじっと窺っているのである。だとすれば、儀式が社会という身体とのあいだにもっている関係は、衣服が個人の身体とのあいだにもっている関係と同じであると言えるだろう。儀式が厳粛さを備えているのは、わたしたちからすれば儀式が慣習によって真面目な目的に結びつけられたものにほかならないからであって、わたしたちの想像力が儀式をそうした目的から切り離すとすぐに、儀式はその厳粛さを失うのである。だから、ある儀式がおかしさをもったものになるためには、その儀式がもつ儀式ばったところにわたしたちの注意が集中していれば十分であるし、哲学者たちの言うように、わたしたちが儀式の質料を無視してその形相だけを思考するようにすれば十分である。この点は力説するまでもない。誰もが知っているように、単なる表彰式から法廷の公判にいたるまで、形式がはっきり決まっている社会的行事に対して、おかしさをもった言葉はいともたやすくその効力を発揮する。形式や定型表現の数と同じだけのすっかり出来上がった枠組みがあって、その枠組みにおかしさが押し込まれることになるわけだ。

しかしここでもまた、おかしさをその源泉に近づければ、おかしさを強調することになるだろう。その際、仮装という派生的な観念から原初的な観念へ、生に重ね合わされた機械仕掛けという観念へ遡行しなければならないだろう。すでに、あらゆる儀式的なものにみられる堅苦しい形式がわたしたちにこの種のイメージを示唆している。祝典や儀式の厳粛な目的を忘れるとたちまち、そこに参加している人たちが操り人形みたいに体を動かしているように見えてくる。彼らの動きはある定式の不動性を手本にしている。それは自動作用の不動性である。とはいえ、この自動作用の完璧なものというと、たとえば、単純な機械のように働いている役人にみられる自動作用になるだろうし、さらには、避けようのない宿命となって適用され、自然法則のひとつとみなされている行政命令にみられる無意識状態になるだろう。もう何年も前のことになるが、ある客船がディエップの近海で難破するということがあった。何人かの乗客がやっとのことで一艘の救命ボートに避難した。税官吏たちは勇敢にもその乗客の救助に向かったのだが、彼らに会うと開口一番にこう尋ねたのだった、「何か申告するものはありませんか」。発想の仕方はもっと微妙であるが、わたしがこれと似たものを見出すこととして、ある犯罪が鉄道で起きた翌日、所轄の大臣に質問したある議員の次の発言がある。「加害者は、被害者を殺害したのち、管理規則に違反して、列車から「ホームでなく」線路の側に降りたに違いない。」
自然のなかに押し込まれた機械仕掛け、社会の自動的規制、つまりは、こうしたものこそ、わたしたちが行き着く面白い効果の二つの類型なのだ。ただし、結論するに当たり、わたしたちはこの二つの類型をひとつに結び合わせて、その結果がどうなるかを見ておかなければならない。

結び合わせた結果は、もちろん人間による規制が自然の法則そのものに取って代わるという観念になるだろう。ここで思い出されるのは、ジェロントが心臓は左側にあって肝臓は右側にあることを注意してやったときのスガナレルの返事、すなわち「その通りだ、かつては君の言う通りだった。でもわたしたちはそうしたことをすべて変えてしまったのだ。わたしたちは、今では、まったく新しい方法で医療を行っているのだ[27]」である。そして、プールソーニャック氏を診察した二人の医者の判断、「あなたが行った推論は学識に溢れており、とても立派なものである。だから、病人が側腹性憂鬱症（メランコリック・イポコンドリアック）でないなどということはありえない。仮にそうでないとしても、病人は側腹性憂鬱症になっていなければなるまい。なにしろ、あなたが言ったことは立派であるし、あなたが行った推論は適確なのだから。[28]」わたしたちはこうした例をいくらでも挙げることができるだろう。［それには］わたしたちの前に、順々に、モリエールの喜劇に出てくる医者をすべて登場させるだけでよいだろう。しかもここでは、喜劇の空想力がかなり先まで進んでいるようにみえるが、現実のほうがその空想力を追い越すこともある。過激な論客で鳴らす現代の哲学者がいて、その人の推論は一分の隙もないまでに筋が通っているのだが、その推論に対して経験と齟齬を来すと言ってみたら、次のような簡単な言葉でその哲学者は議論を打ち切った。「経験のほうが間違っている。[29]」これが意味するのは、生を行政法規に倣って処理しようという観念が、思った以上に普及しているということだ。わたしたちはこの観念を再構成という手法で獲得したばかりだが、この観念はそれなりに自然なものである。この観

27　モリエール『いやいやながら医者にされ』第二幕第四景（鈴木力衛訳、岩波文庫、一九六二年、五三頁）。

28　モリエール「プールソニャック氏」第一幕第八景（『モリエール笑劇集』所収、井村順一訳、白水社、一九五九年、二四八頁。ただしベルクソンの引用には省略がある）。

29　デュルケームを揶揄しているのではないかと思われる（シュヴァリエ『ベルクソンとの対話』、仲沢紀雄訳、みすず書房、一九九七年［新装版］、四一頁に記された逸話を参照されたい）。

念によって学者ぶった態度の本質中の本質がわたしたちに引き渡される、と言うことができるだろう。学者ぶった態度とは、要するに、自然より優れていると主張する技芸以外のものであることはまずないのだ[30]。

だとすれば、要するに、同じ効果が絶えず微に入り細を穿つものになりながら進行している、ということになる。この効果の進行は、こう表現してよければ、人間の身体を人為的に機械化するという観念から、何らかの仕方で人為的なものを自然的なものに置き換えるという観念にまで及んでいる。そこでは、論理が緻密さを失っていくにつれて、だんだん夢想の論理に似ていくのだが、それによって同じ関係がますます高い圏域のなかへと、ますます非物質的なもろもろの項のあいだへと移動していくのである。こうして行政法規と自然法則あるいは精神の法則との関係は、たとえて言うと、既製服と生身の身体との関係と同じようなものに落ち着くわけである。わたしたちが身を投じるべき三つの方向のうち、これで第一の方向を最後まで辿ったことになる。[だから] 第二の方向に移ろう。そしてそれがわたしたちをどこに連れて行くかを見てみることにしよう。

二・――生きているものに被せられた機械的なもの、これがやはりわたしたちの出発点となる。ここでは、おかしさはどこからきていたのだろうか。生きている身体が硬直して機械になっていたことからである。どういうことかというと、生きている身体は完璧にしなやかなものでなければならず、常に働いている原理の常に目覚めている活動でなければならないとわたしたちには思われていた「のにそうでなくなった」ということだ。けれどもこうした活動は、実際には身体よりもむしろ精神に属するものであるだろう。高次の原理によってわたしたちのうちに点火され、透視の効果によって身体を通じてそれと気づく生命の炎そのものであるだろう。生きている身体のなかに優美としなやかさしか見ないとき、わたしたちは身体のうちにある重さをもったもの、抵抗を感じるもの、要するに物質的なものを無視しているのである。このとき、わたしたちは身体が物質であることを忘れており、身体の生命力だけしか、わたしたちの想像力が知性的かつ精神的な生の原理そのものに割り当てている生命力だけ

30　ショーペンハウアー「意志と表象としての世界　続編（I）」第一部第八章「滑稽についての理論に関して」（『ショーペンハウアー全集5』所収、塩屋竹男・岩波哲男訳、白水社、一九七三年、一五七－一七六頁）を参照されたい。

しか考えていないのだ。しかし、身体が物質であることにわたしたちの注意が向けられるよう促されると想定してみたらどうだろうか。身体というものが、自らの活力となる軽やかな生の原理を帯びているのではなく、もはやわたしたちの目には重くて厄介なだけの着衣でしかない、地表から離れたくて仕方ない魂を大地に引き止めている煩わしい重りでしかない、と想定してみたらどうだろうか。[31] そうしてみると、身体は魂に対して、ちょうど先述した身体それ自身に対する衣服の位置を占めるようになって、生気をもったエネルギーの上に置かれた生気のない物質ということになるだろう。だとすれば、おかしさの印象は、わたしたちがこの重ね合わせをはっきり感じたとたんに生じてくるということになるだろう。わたしたちがこうした感情をもつことになるのは、とりわけ心が身体の欲求にいたぶられていているのを見せられたときである――一方には、巧妙にも変化に富んだエネルギーをもった精神的人格があり、他方には、機械のように一定の仕方で介入したり中断したりする愚鈍にも単調な身体がある、というわけだ。身体のこうした要求がけちくさいものであり、画一的に繰り返されるものであればあるほど、その効果はいっそう強烈に迫ってくるものになるだろう。ただし、そこでは程度が問われているだけであって、こうした現象の一般法則があるとすれば、それは次のような定式にまとめることができるだろう。すなわち、ある人の精神的なものが問題となっているのに、わたしたちの注意がその人の肉体的なものに向けられるような出来事にはどれもおかしさがある。

演説が最も感動的なところにさしかかったときにくしゃみをする弁論家をなぜ人は笑うのだろうか。あるドイツの哲学者が引用した次の弔辞の言葉、「故人は高潔で、丸々と太っておられました」のおかしさはどこからくるのだろうか。それはわたしたちの注意が心から身体へ急に引き戻されたことからきている。そうした例は日常生活のなかにいくらでも見つけることができる。けれども、こうした例を探す労をとりたくないなら、ラビッシュの本の一冊をどこでもいいから開いてみさえすればよい。そうすれば、この種の何らかの効果に出くわすだろう。発言者の最も美しい言葉の数々が一本の虫歯の激痛によって中断される箇所もあれば、[32]話し出すやいなや、靴が小さすぎるとかベルトが締めすぎだと不平を言って話すのを止める登場人物がいる箇所も

31　この表現は肉体を魂の牢獄とみなすプラトンの議論を彷彿させる。プラトン『パイドン』（岩田靖夫訳、岩波文庫、一九九八年）などを参照されたい。

32　E. Labiche, *La Cagnotte*, Acte I, scène VIII.（ラビッシュ『賭け金箱』第一幕第八景）。

である、といったように。自分の身体が足枷になっている人というのが、そうした例で[33]わたしたちに示唆されるイメージなのだ。極端に太った人が笑いを誘うのは、おそらくその人がこれと同種のイメージを喚起するからである。そして、臆病さに少し笑えるところがあったりするのも、やはりそこに原因があるのだ。臆病者とは、自分の身体に鬱陶しさを感じて、どこかにそれを預ける場所はないかと周囲を探しているような人物である、という印象を与えることがありうるのである。

これと同じ理由から、悲劇詩人も、自らが描く主人公の物質的な部分にわたしたちの注意が向きかねないようなことはすべて避けようと気を配っている。身体が気になってくると、おかしさが忍び込んでくる恐れがあるのだ。悲劇の主人公たちが、飲まず、食わず、暖をとらないのはそういうわけである。それればかりか、できるだけ腰を下ろさないようにしているくらいだ。長い台詞(せりふ)を喋っている最中に腰を下ろしたりすると、身体があるということを思い出しかねない。ナポレオンは心理学者の側面ももっていたため、ただ単に腰を下ろすということだけで、悲劇が喜劇へ移行することに気づいていた。彼がグルゴー男爵[34]の『未刊の日記』のなかでこの件についてどのように言明しているのかみてみよう（それはイエナの戦いの後でプロイセン王妃と会見したときのことである)。「王妃はシメーヌさながらに[35]悲劇的な調子でわたしを迎えた。彼女はこう述べるのだった、陛下、公正なお裁きを、どうか公正なお裁きを。マグデブルクだけは残してください。王妃はこの調子で話し続け、それはわたしをひどく当惑させた。ついに、王妃の態度をなんとか変えようとして、わたしは王妃に腰を下ろすようお願いした。悲劇的な場面を断ち切るのに、これ以上によいやり方はない。というのも、腰を下ろしてしまえば、それは喜劇になるからだ。[36]」では次に、心を制する身体というイメージを拡大してみよう。そうすると、わたし

33　前者(靴の事例)については、ラビッシュ『人妻と麦藁帽子』第一幕第六景(梅田晴夫訳、世界文学社、一九四八年、三三一―三三五頁)、後者(ベルトの事例)については、E. Labiche, *La Cagnotte*, Acte IV, scène V, VII, X et Acte V, scène II.(『賭け金箱』第四幕第五、七、十景および第五幕第二景)。

34　グルゴー男爵はフランスの軍人、政治家。ナポレオンの副官として活躍。流刑地セント・ヘレナ島へ同行し、ナポレオンの回想録を残した(ただし一八一八年に帰国)。

35　コルネイユの悲劇『ル・シッド』の女主人公。戦功によりル・シッドの称号を得た恋人ロドリーグ(男主人公)との悲恋で知られる。

36　マルロー編『ナポレオン自伝』(小宮正弘訳、朝日新聞社、二〇〇四年、二五二頁)。

たちは内容に勝ろうとする形式、真意に難癖をつける字義といったより一般的なものをすぐに手に入れることになるだろう。喜劇がある職業を笑いものにするとき、その喜劇がわたしたちに示唆しようとしているのは、こうした観念ではないだろうか。喜劇で弁護士や、裁判官や、医者が喋るとき、あたかも、健康や正義なんてどうでもよい、だって肝心なのは医者や弁護士や裁判官がいるということであって、職業の外的形式がきちんと尊重されることであるのだから、とでも言わんばかりである。こうして手段が目的に、形式が内容に置き換わるのであり、職業が公衆のためにつくられているのではなく、公衆が職業のためにつくられていることになる。ここでは形式への絶え間ない配慮、規則の機械的な適用が一種の職業的な自動作用を創り出すのであるが、それは身体の習慣が心に押しつける自動作用に似通っていて、それと同じように笑いを誘う自動作用なのである。そうした例は喜劇作品にいくらでも見つけることができる。この主題（テーマ）に基づいて制作［実演］されたもろもろの翻案（ヴァリエーション）の細部に立ち入ることはせず、主題それ自身がまったく混じりけのないかたちで明示されているテクストをいくつか引用しておこう。たとえば「患者は形式通りに治療しておくだけでかまいません」と『病は気から』でディアフォワリュスは言っている。[37] また『恋は医者』では、バイスが次のように言っている、「規則に逆らって助かるくらいなら、規則に従って死んだほうがましです。[38]」「何が起ころうとも、所定の形式はつねに踏んでおかねばなりません」[39]と、同じ喜劇のなかでデ・フォナンドレスはすでに言っていた。彼と同じ医者であるトメスはその理由を次のように挙げている。「死人は死人でしかないが、所定の形式を無視したとなると、医師会全体にかなりの損害が及ぶことになりますからね。[40]」ブリドワゾン［判事］の次の言葉は、少し違った観念を含んでいるものの、これに劣らず意味深長である。「け、形式ですよ、おわかりでしょう、け、形式ですよ。平服を着た判事をみれば笑う者でも、法服を身にまとった検事をみただけで震え上がるのです。け、形式。け、形式ですよ。[41]」

37　モリエール『病は気から』第三幕第六景（鈴木力衛訳、岩波文庫、一九七〇年、五六頁）。
38　モリエール「恋は医者」第二幕第五景（『モリエール全集』第一巻所収、鈴木力衛訳、中央公論社、一九七三年、一八二頁）。娘を診察した四人の医者（トメス、デ・フォナンドレス、マクロトン、バイス）による空論が展開される場面を指す。
39　モリエール「恋は医者」第二幕第三景（一七八頁）。
40　モリエール「恋は医者」第二幕第三景（一七八頁）。

だがここに現れているのは、わたしたちが研究を進めていくにつれてだんだん明瞭になってくると思われるある法則の第一の適用事例といえる。音楽家が楽器を使ってひとつの音（ノート）を出すと、他の音が自然と生じてくるのだが、それは最初の音よりも響きが弱いものの、ある一定の関係をもって最初の音に結びつけられているのであって、最初の音に付け加わることで最初の音の音色を決定する音である。この音は、物理学の言葉を用いると、基音の倍音である。喜劇の空想力が、その最も常軌を逸した創案に至るまで、これと同種の法則に従っている、ということはありうるのではないだろうか。たとえば、内容に勝ろうとする形式、という先の喜劇の注解（ノート）を考察してみるといい。わたしたちの分析が正しいのであれば、この音は、精神に難癖をつける身体、精神を制する身体といった、自らの倍音をもっているはずだ。したがって、喜劇詩人は最初の音を出すと、思わず本能的に、そこに第二の音を付け加えることになる。言い換えれば、**喜劇詩人は職業的な馬鹿らしさを何らかの肉体的な馬鹿らしさで倍増させることになるのである。**

ブリドワゾン判事が吃りながら舞台に登場するとき[42]、彼は吃るというまさにそのことによって、これからわたしたちの前で演じようとしている現象、知性が凝結していく現象をわたしたちに理解させるための準備をしている、というのが本当のところではないだろうか。どのような隠された親縁関係が、この肉体的欠陥と精神的偏狭さの結びつきを可能にしているのだろうか。おそらく、この判決を下す機械がわたしたちの前に姿を現すとき、それが同時に話す機械でもあることが必要だったのである。いずれにせよ、これ以上うまくその基音を補完できる倍音は他になかったのだ。

モリエールは『恋は医者』でバイスとマクロトンという笑いをもたらす二人の医者をわたしたちの前に登場させ、彼らの一人［バイス］を不明瞭になるくらいに早口でまくし立てさせるのに対し、もう一人［マクロトン］には言葉の音節を一音一音区切らせることで、とてもゆっくりと語らせている。[43] これと同じコントラストはプールソーニャック氏の二人の弁護士のあいだにもみてとられる。[44] 通常は、話し方のリズムのなかに、肉体的な特異性が宿っていて、その特異性が職業の馬鹿らしさを補完する

41　ボオマルシェエ『フィガロの結婚』第三幕第十四場（辰野隆訳、岩波文庫、一九七六年［改版］、一一八頁）。
42　ボオマルシェエ『フィガロの結婚』第三幕第十二場の冒頭（一一四頁）。
43　モリエール「恋は医者」第二幕第五景（一八〇‐一八二頁）。

ようになっている。そして、作者がこの種の欠点を指示しなかった場合も、役者が本能的にこれを作り上げようとしない、ということはめったにない。

したがっていまここで対比させている二つのイメージ、すなわち、ある形式のなかで不動化していく精神と、ある欠点によって硬直していく身体とのあいだには、自然な親縁関係が、自然にそれと認められる親縁関係が存在する、ということになる。わたしたちの注意が内容から形式に、あるいは精神から肉体に方向を変えられることもあるとはいえ、いずれの場合においても、わたしたちの想像力に伝えられるのは同じ印象なのである。つまり、いずれの場合においても、おかしさの種類は同じということだ。ここでもやはり、わたしたちは想像力の運動の自然な方向を忠実に辿りたいと望んできた。その方向とは、覚えておられると思うが、中心的イメージからわたしたちに与えられた第二の方向であった。［さて］第三の、最後の道がわたしたちに対して開かれたままになっている。わたしたちがいまから踏み込もうとしているのは、その道である。

三．——したがって、もう一度だけ、わたしたちが中心に据えたイメージに立ち戻ることにしよう。それは、生きているものに被せられた機械的なもの、というイメージである。ここで問題となっていた生きている存在とは、人間という存在、つまり人のことであった。これに対して、機械装置は事物である。したがって、もしイメージをこの角度からみようとするのであれば、わたしたちを笑わせていたのは、人が事物へ一時的に変容することであった、といえる。このとき、機械という明確な観念から、事物一般というもっと漠然とした観念に移ってみよう。そうすればわたしたちは笑いを誘う一連の新しいイメージを手にするだろう。このイメージはいわば当初のイメージの輪郭をぼかすことで得られるもので、わたしたちを以下に述べる新しい法則に導くことになる。すなわち、ある人が事物であるような印象を与えられるたびにわたしたちは笑う。

わたしたちは、サンチョ・パンサが毛布の上でひっくり返ってただの風船のように

44　モリエール「プールソニャック氏」第二幕第十一景（二六六－二六七頁）。当該箇所は、結婚を控えたプールソニャック氏が彼の妻を自称する二人の女性と出くわし、重婚の罪に問われて裁判にかけられる場面。第一の弁護士はとてもゆっくりと、第二の弁護士はとても早口で歌う（歌うというのは、実は二人とも弁護士でなく楽士だからである）。

空中に放り投げられると笑う。[45] また、ミュンヒハウゼン男爵が大砲の弾丸になって宙を飛んでいくと笑う。[46] けれども、おそらくサーカスの道化師が演じる芸のいくつかはこれと同じ法則をもっと明確に立証してくれるだろう。ただし、道化師が自分の主要な演目をむやみに飾り立てるおどけは捨象して、当の演目それ自身だけに、つまり道化師の技芸のなかで真に「道化師的」なものである姿勢や、跳ね回りや、体の動きだけに注目しなければならないのだが。たった二度だけとはいえ、わたしはこの種のおかしさを純粋な状態で観察できたことがあるけれども、どちらの場合も、わたしは同じ印象を受けた。最初のときは、道化師たちがお互いにぶつかったり、転んだり、飛び跳ねたりしていたのだが、彼らはそのリズムを一定のスピードで加速させることで、これ見よがしにクレシェンドをつくり出そうとやっきになっていた。そうしているうちに、だんだん、飛び跳ねることが観衆の注意を引くようになっていったのである。少しずつ、観衆は目の前にいるのが骨肉の備わった生身の人間であるという事実を見失っていった。観衆は、何らかの梱包物があって、それらが倒れたり、ぶつかり合ったりしている、というようなことを考えるようになっていったのである。そうこうしているうちにヴィジョンがはっきりしていった。すべての形が丸みを帯びていくようにみえ、すべての身体が転がっていき、ひとつにまとまってボールになるかのようにみえてきたのである。こうしてついに、この場面がおそらく無意識のまま発展させてきたイメージが現れた。すなわち、四方八方に放り投げられてぶつかり合うゴム風船というイメージである。――二度目の場面は、これよりもずっと粗野だが、これに劣らず有益なものだった。二人の人物が姿を現した。どちらも頭が巨大で、すっかり禿げ上がっている。二人は大きな棍棒を武器として持っていた。そして、代わる代わる、それぞれが相手の頭を狙って棍棒を打ち下ろしたのである。ここでもやはり、徐々にスピードが加速していく様子が観察された。一撃を受けるたびに、身体は重くなり、硬直していき、しだいに柔軟性が失われていくようにみえた。仕返しはだんだん間延びしていくものの、だんだん強烈になっていき、迫力のある音が響くようになって

45　セルバンテス『ドン・キホーテ　前篇（二）』第三部第十七章「ここでは勇敢なドン・キホーテが狂気ゆえに城とみなした旅籠で、善良な従士サンチョ・パンサとともにこうむった無数の災難がなおも続く」（牛島信明訳、岩波文庫、二〇〇一年、三〇八－三一〇頁）。

46　ビュルガー編『ほらふき男爵の冒険』（新井皓士訳、岩波文庫、一九八三年、六六－六七頁、および一七五－一七八頁）。

いった。禿げ頭を打つ音が静まり返った場内に驚くほど反響していた。とうとう最後に、動作がぎこちなく緩慢になり、Ｉの字のようにまっすぐになった二つの身体は、お互いにもたれかかり、棍棒は最後の一撃を相手の頭に加え、それが樫でできた梁（はり）に巨大な木槌を打ち下ろしたときのような音をたてると、どちらも床に倒れ込んだのである。この瞬間、見るも鮮やかに姿を現したものがある。それは二人の芸人が観客の想像力のなかに少しずつ打ち込んできた暗示、すなわち「わたしたちはどっしりした木でできたマネキン人形になろうとしてきたのであり、とうとうそうなったのだ」である。

ここから漠然とした本能に導かれて、何の教養もない精神の持ち主でも、心理学研究の最も微妙な成果のいくつかを感じ取るかもしれない。催眠状態になった患者に簡単な暗示で幻視を引き起こすことができるのは周知の通りである。鳥があなたの手にとまりましたと言えば、患者はその鳥に気づくだろうし、その鳥が飛び去るのを見るだろう。とはいえ、暗示がいつもそんなに素直に受け入れられるわけではない。催眠術師が首尾よく暗示を浸透させるにしても、それは徐々に仄（ほの）めかしていくことを通じて、少しずつでしかない場合が多い。その際、催眠術師は患者が実際に知覚している対象から出発して、その知覚をだんだん不明瞭なものにしようと努めるだろう。それから、段階を追って、催眠術師は、自分が幻覚を創り出そうとしている当の対象の明確な形を、この不明瞭なものから引っ張り出すだろう。眠ろうと目をつぶったとき、視野を占めている瞼の裏の文様、色彩を帯び、移ろいやすく、形の定まらない文様が、それと気づかないうちに凝固して判明な対象になるのを見る人がたくさんいるというのも、そうしたわけだ。したがって、不明瞭なものから判明なものへだんだん移行していくのが、優れて暗示的な手法ということになる。この手法は多くの喜劇的暗示の根底に、とりわけ、人が事物に変形するのがわたしたちの目の前で行われるような、粗野なおかしさに見出されるのではないかと、わたしは思う。しかし、もっと控え目な他の手法もある。それはたとえば詩人たちが使用しているもので、おそらく無意識のうちに喜劇の場合と同じ効果をめざしている。彼らはリズムや、脚韻や、半諧音[47]をいろいろな仕方で配置することによって、わたしたちの想像力を静かに揺り動かすことができるし、規則的に揺れ動く状態でわたしたちの想像力を同じものから同じもの

47　連続する二つの単語、あるいは詩の行末で同一または類似の母音を繰り返すこと。

へ行ったり来たりさせることができるし、そうすることでわたしたちの想像力が暗示されたヴィジョンを素直に受け取れるように準備することができる。次に挙げるレニャールの詩句が音読されるのを聞いてみるといい。そして、人形の捉えどころのないイメージがあなたの想像力の領野を通り抜けていかないかどうかを見てみるといい。

……そればかりか、あの方は多くの人たちに借りること
合わせて一万と一リーヴルと一オボール
一年間、休みなく、口約束に任せて
服を着させ、馬車に乗らせ、暖をとらせ、靴を履かせ、手袋をはめさせ、
食事をとらせ、髭を剃らせ、喉を潤わせ、轎(かご)に乗せたがために[48]

フィガロの次の台詞にも（もっとも、ここではおそらく事物のイメージよりもむしろ動物のイメージが暗示されようとしているのだが）、何かこれと同種のものが見出されないだろうか。「［伯爵］どんな男なのか。──［フィガロ］顔立ちは整っていて、恰幅がよく、背は低く、初老で、白髪まじりで、抜け目なく、髭を生やしていない、

無神経な男で、隙を窺い、詮索し、不平を言い、愚痴をこぼす、それもまったく同時にです。[49]」

これまでみてきたひどく粗野な場面と、とても微妙な暗示とのあいだには、数えきれないほどの無数の面白い効果が入り込む余地がある。――そのどれもが単なる事物について言い表すかのように人について言い表すことで得られるのだ。そうした例に事欠かないラビッシュの喜劇作品のなかからいくつかの例を拾い上げてみよう。ペリション氏は、客車に乗り込むとき、手荷物をひとつも忘れていないかどうか確かめる。「四つ、五つ、六つ、妻で七つ、娘で八つ、それに自分で九つ。[50]」また他の喜劇作品には、父親が娘の学識を自慢する場面がある。そこで述べられる言葉はこうだ。「娘は

48　J. F. Regnard, *Le Joueur*, Acte III, scène IV.（レニャール『賭博狂』第三幕第四景。ヴァレールの従僕エクトールがヴァレールの父ジェロントにヴァレールの借金目録を口誦する場面。轎（かご）とは、二本の長い棒の間に大人が一人座れる大きさの窓つき箱がついたセダンチェアを指す。なおベルクソンの引用には省略があり、またレニャールの原典では「暖をとらせ chauffé」の部分が「髪を整えさせ coiffé」となっている）。

49　ボーマルシェ『セビーリャの理髪師』第一幕第四景（鈴木康司訳、岩波文庫、二〇〇八年、二五頁）。

今までに起こったフランスの王をすべてよどみなく言えるのですよ。[51]」今までに起こったものというのは、たしかに王を単なる事物に変えるものではないが、非人間的な出来事と同一視しているのである。

この最後に挙げた例について次の指摘をしておこう。それは、おかしさの効果が生じるためには、人と事物の同一化を極限まで進める必要はない、ということである。たとえば、人が遂行している職務とその人本人とを混同するふりをして、この道に足を踏み入れれば十分である。わたしはアブーの小説に出てくるある村長の次の言葉を引用しておくだけでよいだろう。「知事閣下におかれましては、一八四七年以来、何度も取り替えられたものの、いつもわたしたちに対して変わらぬご厚情をお持ちいただいてきております。[52]」

こうした言葉はすべて同じモデルに基づいて作られている。わたしたちはその定式を手にしているのだから、これを際限なく作り出せるということになる。しかし、コント作家やヴォードヴィル作家の技芸は、単に言葉を作り出すことだけに存しているのではない。難しいのは、言葉に暗示の力を与えること、つまり、観客が言葉を受け入れられるようにすることである。わたしたちが言葉を受け入れるのは、その言葉がある心の状態の発露であるようにみえる場合か、周囲の状況にすっぽり収まっているようにみえる場合に限られる。たとえばペリション氏がはじめて旅行をするに当たってとても興奮していることをわたしたちは知っている。［また］「起こる」という表現は、娘が父親を前にして学校で習ったことを暗誦したときに何度も繰り返し出てきたはずである。だから、その表現はわたしたちに暗誦を連想させるのだ。そして最後に取り上げた行政の機構(マシン)に向けた賛辞は、突き詰めれば、知事の名前が変わっても知事［の職務］には何ら変わるところがなく、職務が役人とはまったく関係なく成し遂げられるとわたしたちに思い込ませるところに行き着くということがありうる。

わたしたちはこうして笑いの根源的な原因からかなり遠いところに来てしまった。最初にみたおかしさの形式は、それ自身では説明不可能であり、実際には別の［第二

50　ラビッシュ『ペリション氏の旅行記』第一幕第二景（梅田晴夫訳、世界文学社、一九四九年、十四頁）。

51　E. Labiche, *La Station Champbaudet*, Acte II, scène IV.（ラビッシュ『シャンボーデ駅』第二幕第四景）。

52　E. About, *Maître Pierre*, Hachette, Paris, 12e éd., 1990, chap. IX "Le Maire de Bulos", p.164.（アブー『ピエール師』第九章「ビュロ市長」）。

の」形式との類似を通じてしか理解されない。そしてその別の形式は第三の形式との親縁関係によってしかわたしたちを笑わせないのであり、という具合に延々と続いていく。したがって、心理学的分析は、どれほど見識と洞察力があると想定されるものであっても、もしおかしさの印象がそれに沿って系列の端から端まで伸びている道筋としての糸をしっかりつかんでいなければ、必然的に行き場を見失うことになるだろう。この進展の連続性はどこからやって来るのだろうか。このようにイメージからイメージへとおかしさを滑り込ませていき、だんだん根源の点から遠ざけ、しまいにはほとんど類似するところのないものに分割して消散させる圧力、奇妙な推力とはいったい何だろうか。木の枝を小枝に、根を小根に分割し、さらに細分する力とはそもそも何だろうか。あらゆる生気をもったエネルギーには、それに与えられる時間がどれほど短いものであっても、可能な限り多くの空間を覆うことを命じる不可避の法則がこのように余儀なく備わっているのである。ところで、おかしさをもたらす空想力とはまさにそうした生気をもったエネルギーであり、社会という地表の小石だらけのところにたくましく芽吹いた特異な植物であって、この植物を栽培すればいずれ芸術の最も洗練された作物に匹敵するようなものになるだろう。わたしたちが今まで見てきたおかしさの例は、たしかに、偉大な芸術からかけ離れている。けれども、次章では、そこに到達するにはほど遠いものの、かなり近づいているというところまでは進むだろう。芸術〔art〕の下方には、技巧〔artifice〕というものがある。わたしたちが入り込もうとしているのは、もろもろの技巧からなるこの地帯、自然と芸術の中間に位置する地帯である。わたしたちはヴォードヴィル作家と機知に富んだ人とを取り扱うつもりである。

第二章　情況のおかしさと言葉のおかしさ

一

わたしたちはこれまで形、態度、動き一般におけるおかしさを研究してきた。今度はおかしさを行動と情況において探究しなければならない。この種のおかしさに出くわすことが毎日の生活のなかで頻繁にあるのはたしかだ。けれども、この種のおかしさが分析するのに最も適しているわけではない。もし演劇が生活を誇張することであり単純化することであるというのが本当だとしたら、喜劇は、わたしたちの主題となっているこの特定の点について、現実の生活よりも多くの教訓をわたしたちに与えることができるだろう。ひょっとしたら、この単純化をさらに推し進め、わたしたちの最も古い記憶に遡り、子供を面白がらせた遊びのなかに、大人を笑わせる「おかしさの」組み合わせのもととなるものを探求する、ということさえしなければならないのではないだろうか。わたしたちは自分が抱く快楽や苦痛の感情について語るとき、その感情が最初からすっかり出来上がっていたものであるかのように、その感情のひとつひとつにはそこに至るまでの経緯がないかのように語ることがあまりにも多い。とりわけ、わたしたちの喜びの感動のなかにあるような、まだ子供っぽさが残っているものをしっかり認識していないことがあまりにも多い。とはいうものの、詳しく検証してみれば、現在の快楽の大半は過去の快楽の記憶でしかないとみなせるのではないだろうか。わたしたちの感動を、まさしくそれが感じられたものに引き戻してしまったら、言い換えると、想起されているものすべてをそこから取り除いてしまったら、その感動はほとんど残っていないのではないだろうか。ある年齢を過ぎると、新鮮な喜びに心を動かされることがなくなるのかどうかということ、そして成熟した人間が抱く最も甘美な満足は子供時代の感情がよみがえることにほかならないのかどうか、つまりそうした満足は過去が遠ざかっていくにつれてわたしたちの頬をなでることも少なくなっていく薫風にほかならないのかどうかということ、こうしたことを知っている人が果たしているだろうか。ただ、このきわめて一般的な問いに対してどのように答えるにせよ、疑いようのない点がひとつだけある。それは、子供における遊びの快楽と、大人がそれと同じことをしたときに得られる快楽とのあいだに断絶はありえない、ということだ。ところで、喜劇とはまさに遊び、それも生活を模倣する遊びである。そして、子供が遊びで、人形や操り人形を動かしているとき、そのすべてが操り糸によって行われているとしたら、喜劇の諸場面を束ねている糸のなかに、わたしたちがあらためて見出すはずのものも、使い古されて細くなっているとはいえ、まさにこれと同じ操り糸ではないだろうか。だから子供の遊びから取り掛かることにしよう。子供が自分の操り人形を巧みに動かし、それに生気を与え、その人形が自ら動いているのかそれとも子供によって動かされているのかを最終的に決めがたい状態にもっていく——そこでは、人形は操り人形のままでありながらも、自律した人間になっているようにみえる——、それと気づかないほどの過程を辿ることにしよう。そうすれば、わたしたちは喜劇の登場人物を手にすることになるだろう。そして、先に行った分析からわたしたちが予見することになった法則を、喜劇の登場人物にあてがって検証することができるだろう。その法則を通じて、わたしたちは、ヴォードヴィルの場面一般を次のように定義しておくことにしたい。すなわち、行為、と出来事が相互に入り込んでいるために、生命をもったものであるという錯覚と、機械的な組み合わせであるというはっきりした感覚とをわたしたちに与えるような、行為と出来事の配列にはどれもおかしさがある。

一、悪魔が飛び出すびっくり箱。――わたしたちの誰もが、かつて、箱から飛び出してくる悪魔人形で遊んだことがある。蓋を押さえつけておいても、人形は頭をもたげてくる。下へ押し戻せば押し戻すほど、人形のはね返りは高くなる。蓋の下に押しつぶすと、何もかもはね飛ばして姿を現すことが多い。このおもちゃがどれくらい古くからあるものなのか、わたしは知らない。けれども、このおもちゃに含まれている種類の面白さがあらゆる時代を通底していることは間違いない。それは二つのものが意地を張り合って争うことであり、一方は機械的な動きをみせるだけで、たいていは勝ちを譲るはめになり、もう一方はそれを面白がるのである。猫がねずみで遊んでいて、ねずみをバネで弾くように走り出させては、そのつど、足の一撃でぱっと捕まえているとき、それと同じ種類の面白さを楽しんでいるといえる。

それでは演劇に移ろう。まず始めに取り掛かるべきは、ギニョルの人形劇[1]である。

警察署長が舞台の上をぶらぶらしている。するといきなり、そうなると決まっていたかのように、棍棒の一撃を受け、彼は崩れ落ちる。身を起こすと、第二撃が来て、彼を這いつくばらせる。また起き上がろうとして、またやっつけられる。ぴんと張っては緩むバネのような一定のリズムに合わせて、警察署長は打ちのめされては起き上がるのであり、それが繰り返されるにつれて、聴衆の笑いは常に大きくなっていくのである。

今度は、精神的な側面の強いバネを想像してみよう。自己を表現しようとして抑止され、それでもなお自己を表現しようとする観念や、迸り出ようとして制止され、それでもとめどなく溢れてくるお喋りを想像してみよう。わたしたちは、この場合も、執拗に実行しようとする力と、それを押さえ込もうとする頑固さというヴィジョンを手にすることになるだろう。けれども、このヴィジョンは物質的側面を失ってしまっているといえる。わたしたちはもはやギニョルを目の前にしているのではなく、正真正銘の喜劇を観賞していることになるのだ。

実際、喜劇の場面の多くはこの単純な類型に当てはまる。たとえば、『ゴリ押し結婚』でスガナレルとパンクラスがやりとりする場面では、すべてのおかしさが、スガナレルの抱く観念と、哲学者〔パンクラス〕の張る意地のあいだの争いから生じてくる。スガナレルはなんとしてもこの哲学者に自分の言うことを聞き入れてもらおうとするのに対し、パンクラスは話す機械も同然となって自動的に作動するというわけだ。[2] 場面が進行するにつれて、悪魔が飛び出すびっくり箱のイメージはよりくっきりと描き出されるようになり、ついには、二人の登場人物自身がこのびっくり箱の動きを採り入れるようになる。スガナレルはパンクラスを舞台の袖に押し返し、パンクラスは話を続けようとして舞台に戻って来る、ということを繰り返すのだ。そしてスガナレルがパンクラスをなんとか引っ込ませて、家のなかに（わたしは箱の底にと言ってしまうところだった）閉じ込めるのに成功したとたん、蓋をはね飛ばすかのように窓が開いて、パンクラスの頭が再び姿を現すのだ。

これと同じ演技は『病は気から』にもみられる。医学は侮辱された腹いせに、アル

1 世相（とりわけ政治権力のそれ）の諷刺を特徴とする。十八世紀後半頃にリヨンで行われたのがその嚆矢とされる。

2 モリエール「ゴリ押し結婚」第一幕第四景（『モリエール全集』第一巻所収、鈴木力衛訳、中央公論社、一九七三年、四四‐五三頁）。

ガンに対し、ピュルゴン先生の口を通じて、あらゆる病気に罹る恐れがあるとまくし立てる。それでアルガンは、ピュルゴンの口をふさごうとするかのように、自分の肘掛椅子から立ち上がるのだが、そのたびに、ピュルゴンが、まるで舞台の袖に追いやられたかのように、ほんの一瞬姿を消し、それから、まるでバネで弾かれたかのように、新たな呪いの言葉を吐きながら舞台に再び登場するのを、わたしたちは目にするのである。「ピュルゴン先生！」[3]と同じ叫びが絶えず繰り返され、この叫びが二人の寸劇を一回ごとに区切るのである。

　ぴんと張っては緩み、そしてまたぴんと張るバネのイメージにもっと詳しく迫ってみよう。そうしてそこから本質的なものを取り出してみよう。そうすればわたしたちは古典喜劇の常套手段のひとつである繰り返しを手に入れることになるだろう。

　演劇にみられるある言葉の繰り返しから生じるおかしさは何に由来するのだろうか。このとても単純な問いに満足のいく仕方で答えてくれるような喜劇理論を探してみても徒労に終わるだろう。そもそも、ある面白い言い回しの説明を、それがわたしたちに示唆しているものから切り離して、当の言い回し自身のなかに見出そうとする限り、この問いは実際に解決できないままである。ありきたりの方法では不十分なことがこれ以上に露呈されるところはどこにも見当たらない。とはいえ、実を言えば、後ほど触れるきわめて特殊ないくつかの事例を除くと、ある言葉の繰り返しがそれだけで笑いを誘うということはない。ある言葉の繰り返しがわたしたちを笑わせるのは、それがもろもろの精神的要素からなる特定の遊びを象徴しているから、しかもその遊びがまったく物質的な遊びの象徴となっているからである。それはねずみをおもちゃにする猫の遊び、びっくり箱の底に悪魔人形を何度も押し込む子供の遊びであるが――それがさらに洗練され、精神化され、感情や観念の領域に移されたものなのだ。演劇にみられるある言葉の繰り返しから生じるおかしさの主要な効果を、わたしたちなりに定義する法則を述べておこう。すなわち、言葉がおかしさを生むような繰り返しのなかでは、一般に二つの項が、バネのように緩もうとする圧縮された感情と、その感情をさらに圧縮して面白がる観念とが、対峙している。

［小間使い］ドリーヌが［主人］オルゴンにオルゴンの妻［エルミール］の病気のことを話しているのに、オルゴンは絶えずドリーヌの言葉をさえぎってタルチュフの健

3　モリエール『病は気から』第三幕第五景（九五－九六頁）。

康について尋ねるのだが、そのとき、つねに口に出される「それで、タルチュフはどうかね」という問いかけによって、はね上がるバネのきわめてはっきりした感覚がわたしたちに与えられる。タルチュフの話を持ち出されるたびにドリーヌがエルミールの病気について語り直すのは、このバネが押し戻されるのを面白がっているからである。[4]また、スカパンが老ジェロントに、この老人の息子が悪名高いガレー船に連れ去られて捕虜になっているので早急に買い戻さなければならない、と知らせにくるとき、スカパンはジェロントの吝嗇を揶揄しているのだが、それはドリーヌがオルゴンの頑迷を揶揄しているのとまったく同じようなものである。老ジェロントの吝嗇は、抑えつけられてもすぐ、自動的にはね返ってくるのであって、この自動作用こそ、モリエールがある一節を機械的に繰り返すことで印象づけようとしたものにほかならない。その一節には、ジェロントがいずれ支払わねばならない金を惜しむ気持ちが次のように表現されている。「そんなガレー船に乗り込むなんて何という手に負えない奴なんだ」[5]。ヴァレールがアルパゴンに、娘が愛していない男に娘を嫁がせるのは間違っているのではないか、と忠告する場面にも同じことがみてとれる。「持参金なしでいいんだ」[6]と言って吝嗇なアルパゴンはヴァレールの忠告をつねにさえぎるのである。そしてわたしたちは、自動的に繰り返し現れるこの言葉の背後に、固定観念によって組み立てられた繰り返しの機械仕掛けを瞥見するのである。

時として、この機械仕掛けがもっとわかりにくくなっていることがあるのはたしかだ。そしてわたしたちはそうしたとき、おかしさの理論に関する新たな困難に触れている。ある場面における関心のすべてがたった一人の登場人物に向けられており、その人物が二つの性質を兼ね備えているという場合がある。その人物の話し相手が、いわば、プリズムとしか形容しようのない役割を演じ、それを通じてこの人物の二重化が実現されるというわけである。もしわたしたちが、そうして生じた効果の秘密を、自分が見聞きしていることに、言い換えると、登場人物のあいだで演じられている場面の外見に探すばかりで、その場面が遠回しながら紛れもなく映し出している喜劇の

4　モリエール『タルチュフ』第一幕第四景（鈴木力衛訳、岩波文庫、一九七四年［改版］、一五‐一六頁）。

5　モリエール『スカパンの悪だくみ』第二幕第十景（鈴木力衛訳、岩波文庫、一九五三年、六九‐七五頁）。

6　モリエール『守銭奴』第一幕第七景（三六‐三七頁）。

内奥に探そうとしないのであれば、辿るべき道筋を誤る恐れがある。たとえば、自分の詩は出来が悪いと思うかと尋ねるオロントに、「そうは言っていません」[7]とアルセストが執拗に返答するとき、その繰り返しにはおかしさがある。にもかかわらず、わたしたちが先ほど叙述したあの遊びで、オロントがアルセストのことを面白がっているのでないのは明らかである。だがここで注意してほしい、実際にここでは、アルセストのなかに二人の人間がいるということに。一方には「人間嫌い」がいて、人々にありのままのことを言おうと心に誓っており、他方には貴族がいて、身につけた礼儀作法を急に忘れることができないか、あるいはそこまでいかないまでも寛容な人物がいて、理屈から行動へ移らなければならないような決定的瞬間、つまり自尊心を傷つけたり、苦痛を与えたりせざるをえないような決定的瞬間になると尻込みをする。こうなってくると、本当の場面はもはやアルセストとオロントのあいだにあるのではなく、ほかでもないアルセストとアルセスト自身のあいだにあるわけだ。この二人のアルセストのうち、一方は包み隠さず口に出そうとし、他方は何もかも言おうとする瞬間にその口をふさぐ。「そうは言っていません」という台詞が発せられるたびに、外に出ようとして押したり、圧力を加えたりしてくる何ものかを押し返すための努力が増大していくさまが表される。だからこの「そうは言っていません」の口調はだんだん激しくなっていき、アルセストはだんだん腹を立てていく――ただしその矛先は、自分でそう思っているように、オロントに向けられているのではなく、自分自身に向けられているのである。そのようにして、バネの緊張はつねに更新され、つねに強化され、最後の弛緩にまで行き着く。したがって繰り返しの機械仕掛けはやはりまったく同一のものである。

ある人が、たとえ「あらゆる人間を真っ向から攻め立てる」[8]ことになるとわかっていても、自分の思っていること以外はもう決して言わない、と決心したとする。このことに必ずしもおかしさがあるわけではない。それは生き方に、しかも最良の生き方

7　モリエール『人間嫌い』第一幕第二場（翻訳タイトルは『孤客』、辰野隆訳、岩波文庫、一九七六年［改版］、二二頁）。宮廷にはびこる表裏を使い分けた交際を好まないアルセストは、オロントが詠んだ詩を賞賛することができない。アルセストはやむを得ず婉曲的に酷評するのだが、そうすると今度はオロントがアルセストの言葉の真意を詰りかねて詰問する。直後にアルセストは率直な物言いをしてしまい、オロントは怒ってその場を立ち去る。

8　モリエール『人間嫌い』第一幕第一場（『孤客』一〇頁）。アルセストの台詞。

に関わるものである。また別のある人が、自らの優しい性格、あるいは利己心、あるいは軽蔑の気持ちから、人々を喜ばせることを好んで言うとする。このこともやはり生き方に関わるものでしかない。そこにわたしたちを笑わせるものは何もないのだ。ではこの二人の人を一人にまとめてみたらどうだろう。そしてこの人物が、人を傷つける率直な物言いと、人を欺く慇懃（いんぎん）な物言いとのあいだで躊躇（ちゅうちょ）しているとするのだ。相反する二つの感情がこのように葛藤しても、まだおかしさがあることにはならないだろう。もしこの二つの感情が、ほかでもないその相反する性質を通じて有機的に結びつき、相携えて進展し、混淆（こんこう）した心の状態を創り出すことになるとしたら、そうして人生は複雑であるという印象をわたしたちに何の留保もなく与える生の様式（モドゥス・ウィウェンディ）を採用することになるとしたら、この葛藤は深刻なものにみえるだろう。[9]だが今度は、立派な生活を送っているある人のなかに、この相互に還元しがたい硬直した二つの感情があると想定してもらいたい。そして、この人が二つの感情のあいだを揺れ動いている、と考えてもらいたい。とりわけ、その揺れ動きが、よく使われる単純で初歩的な装置にみられるありふれた形を採用していて、まったく機械的なものになっている、と考えてもらいたい。そうすれば、わたしたちがこれまで笑いを誘うもののなかに見出してきたイメージを、ここでも手にすることがわかるだろう。生き物らしさのなかにある機械らしさを手にすることがわかるだろう。おかしさを手にすることがわかるだろう。

わたしたちはこの最初のイメージ、悪魔が飛び出すびっくり箱のイメージについて長々と論じてきた。したがって、おかしさを生む空想力が物質的な機械仕掛けを精神的な機械仕掛けに少しずつ変えていくのはどのようにしてであるか、ということも十分に理解されたと思う。次にそれ以外のひとつないし二つの遊びを検証していくが、以上を踏まえてその説明は概略的なものにとどめるつもりである。

二．糸で操る人形。――喜劇に数えきれないほどみられる場面に次のものがある。それは、登場人物が自分は自由に話し、自由に行動していると思っており、したがってこの人物は生の本質的なものを保持しているのだが、別の側面から考察すると、こ

9　同じような角度から『人間嫌い』を論じたものとして、ルソー『演劇について――ダランベールへの手紙――』（今野一雄訳、岩波文庫、一九七九年、七五－九一頁）がある。なお modus vivendi とは、生きていくために妥協する方便を指す。

の人物は自分をもてあそぶ他人の手のなかにあるおもちゃに過ぎないもののようにみえる、という場面だ。子供が糸で操っている人形から、スカパンに操作されるジェロントやアルガントまで、そのあいだにある隔たりを飛び越えるのは容易である。それよりもスカパン自身の言うことに耳を傾けたほうがよい。「その［あなたのお父様をはめる］機略（*machine*）はすっかり見つけてますよ」[10]、さらに「奴らが俺の張った網に誘い込まれるのも、神のご意向なのだ」等々。[11]生まれつきの本能によって、また、想像するだけなら、わたしたちは騙される側よりも騙す側になるほうがいいのだから、観客が肩入れするのはぺてん師たちのほうである。観客はぺてん師たちと手を組むのであって、そうとなれば、友達から人形を貸してもらった子供のように、観客は操り人形の糸を手につかんで、自分自身でその人形を舞台の上で行ったり来たりさせるのだ。とはいうものの、観客自身が人形を自由に操るという条件は不可欠というわけではない。機械的な配列であるという非常にはっきりした感覚を保持してさえいれば、わたしたちは目の前で起きていることに対して部外者のままでいてもかまわないのである。こうしたことが起こるのは、ある登場人物が正反対の二つの立場のあいだでどちらをとるべきか迷っていて、この二つの立場のそれぞれがこの人物を交互に自分の側に引き寄せようとするような場合である。たとえば、パニュルジュが誰彼なしに、自分が結婚すべきかどうかを尋ねる場合が、これに当たる。[12] 指摘しておきたいのは、喜劇作家［ラブレー］がそうするとき、相対立する二つの立場を入念に人物のうちに描き込んでいることである。観客に任せないのであれば、せめてその代わりに糸を握ってくれる俳優が必要になってくるのである。

人生に真剣に向き合うことができるのはわたしたちが自由であるからだ。わたしたちが時間をかけて作り上げた感情、大切に育んできた情熱、熟慮の上で決断してなされた行動といったもの、要するに、わたしたち［自身］に由来しており、わたしたち以外の誰のものでもないもの、こうしたものこそが、人生に対して、時として芝居がかった外観を与えることもあるが、普通は厳粛な外観を与える当のものなのである。

10　モリエール『スカパンの悪だくみ』第一幕第五景、および第二幕第七景（五二頁）。強調はベルクソン、補足は訳者。

11　モリエール『スカパンの悪だくみ』第二幕第九景（六六頁）。強調はベルクソン。

12　ラブレー『ラブレー第三之書　パンタグリュエル物語』第九章（渡辺一夫訳、一九七四年、岩波文庫、七一－七五頁）。

こうしたもののすべてを喜劇に変容させるためには、何が必要となるだろうか。想い描いてみるべきは、見た目は自由でもその裏には操り糸が隠されているということ、そして、かの詩人［シュリ・プリュドム］が言うように、わたしたちはこの地上で、

〈必然性〉なる手に糸を握られた、
しがない操り人形[13]……

であるということだろう。これは、どのような現実の場面、真剣な場面、それどころか痛ましい場面であっても、空想力がこの単純なイメージ［操り人形］を喚起すれば喜劇へ押しやることができる、ということだ。これ以上に広大な領野が開かれている遊びはない。

三　雪だるま式。——わたしたちは、喜劇の手法に関するこの研究を進めていくにつれて、子供の頃のぼんやりとした記憶が演じている役割をしだいによく理解するようになってくる。おそらくこのぼんやりとした記憶は、あれこれの特定の遊びに根ざ

しているというよりも、そうした遊びを応用例として生み出す機械装置に根ざしている。さらに、これと同じ一般的装置が、ちょうどオペラの同じアリアがたくさんの幻想曲のなかに見出されるのと同じように、きわめて異なる遊びのなかに見出されるということもある。ここで重要なもの、精神がつなぎとめておくもの、それと気づかないほどさまざまな段階を経て子供の遊びから大人の遊びへ移行していくもの、それは、連鎖反応の図式である。あるいは、お望みとあれば、そうした遊びを特定の応用例と

13　S. Prudhomme,《Un bonhomme》"Les Épreuves", in *Poésies* (1866-1872), Alphonse Lemerre, 1872, p.31.（プリュドム『詩集（一八六六‐一八七二）』の「試練」所収の〝善人〟の一節）。参考までに同詩の全体を訳出しておく。「病気がちで、温和な男だった／彼はレンズのガラスを磨きながら／神の本質をきわめて明瞭な定式にした／そのあまりの明瞭さに世間は恐怖に襲われた／この賢者はきわめて単純に論証したのだ／善と悪というのは古めかしい戯言だということを／そして、死ぬ運命にある自由な者はしがない操り人形であり／必然性なる手にその糸を握られているということを／／聖書の敬虔な賛美者／彼は自然に抗する神を聖書のなかに見ようとしなかったのだ／そのことにシナゴーグは激怒して反対した／／シナゴーグから遠ざかり、レンズのガラスを磨くことで／彼は学者たちが惑星を計測する手助けをした／温和な男だったのだ、バルーフ・ド・スピノザは」

して生み出す抽象的な定式と呼んでもよい。たとえば、目の前にころころと転がっている雪の玉があって、それが転がりながら大きくなっているとしたらどうだろう。あるいは、縦列に並んだ鉛の兵隊たちのことを考えてもよいだろう。もし先頭の兵隊を押し倒すと、この兵隊が二番目の兵隊に倒れかかり、さらに二番目の兵隊は三番目の兵隊を倒し、といった具合に、すべての兵隊が床に倒れるところまで状況は悪化していくということだ。あるいはそれ以外に、苦労して組み上げたトランプの城を挙げてもよいだろう。最も手近にあるトランプに触れると、それは崩れまいとしながらも、隣のトランプが揺れて先に倒れる、といった具合に、崩壊の働きは、その速度をだんだん増していきながら、最終的な破局へ目も眩むほどの勢いで突き進むということだ。ここに挙げた例はどれもきわめて異なっている。けれども、こう言ってよければ、いずれも同じ抽象的なヴィジョンをわたしたちに示唆しているのである。そのヴィジョンとは、ある効果がおのれを伝播させる際に自分自身を増幅させていくので、もとは取るに足らないものだった原因が、必然的な進展を通じて、思いもよらない重大な結果に行き着くことになる、というものである。次に子供向けの絵本を開いてみよう。すると、いまみた装置がすでに喜劇の一場面の形式のほうへ向かっているのがわかるだろう。たとえば、ここに（わたしは「エピナル・シリーズ」[14]の一冊を無作為に取り上げたのだが）一人の訪問客がいて、サロンに慌ただしく入ってくる。この客は一人の婦人を押しのけ、婦人は手に持っていた茶碗を落として老紳士に紅茶をこぼしてしまう。老紳士はというと、足を滑らせて窓ガラスにぶつかり、窓ガラスは通りにいた警官の頭上に落ち、この警官は警官隊の出動を要請する、等々。これと同じ装置が多くの大人向けの印刷物にもみられる。漫画家たちが描く「説明なしの物語」には、ある物体が位置を変えると、人物たちがそれと連動した動きをみせる、といった場面がしばしば出てくる。このとき、場面が移るにつれて、物体の位置が変わっていき、それが人物たちのあいだの状況をどんどん深刻なものへと機械的に変えていくのである。次に喜劇へ移ろう。どれほど多くの道化的場面が、どれほど多くの喜劇でさえもが、この単純な類型に帰着することになるだろうか。『訴訟狂』にみられるシカノーの語り口を再読してみるとよい。そこでは、訴訟と訴訟の歯車がかみ合うことで、機械仕

14　フランス北東部のロレーヌ地方にあるヴォージュ県の県都エピナルで制作された多色刷りの版画本。通俗的な物語や歴史をモチーフとしている。

掛けの機能はだんだん速度を増していき（ラシーヌは、訴訟用語をぶつかり合わせていくことで、このだんだん加速していく感情をわたしたちに与えるのである）、ついには、秣一束のために起こされた訴訟が訴訟人に財産の大部分を注ぎ込ませるまでになるのだ。[15] これと同じ配置はドン・キホーテのいくつかの場面にもみられる。たとえば、旅籠の場面で、奇妙な事情が続いたために、馬方がサンチョを殴ることになり、サンチョはマリトルネスに殴りかかり、そのマリトルネスに宿の主人が飛びかかる、等々。[16] 最後に、当代のヴォードヴィルに迫ってみよう。これまでのものと同じ連鎖反応が現れている形式をすべて想起する必要はないだろう。そのうちのひとつにかなり頻繁に用いられている形式がある。それは、ある物的対象（たとえば、手紙）がある人物たちにとって何よりも大事なものであり、どんな犠牲を払ってでもこれを見つけ出さなければならない、とする形式である。この対象は手に入ったかと思うとその手を滑り落ちるということを繰り返すのだが、それが劇の全体にわたって展開され、その道すがら拾い集められる出来事もだんだん深刻なものに、だんだん思いもよらないものになっていくのである。ここに挙げた事例はすべて、当初に考えられていたよりもはるかに子供の遊びに似たところがある。それはとにかく雪だるま式の効果なのだ。

機械的な連鎖反応には、一般に可逆的である、という特徴がみられる。子供は、投げられた球がピンに当たり、行く手をさえぎるものすべてをひっくり返し、何もかもぶち壊してしまうのを見ると面白がる。そして球が蛇行を繰り返し、どうするかさんざん迷った挙句、出発点に戻って来たりすると、それにも増して笑うのだ。言い換えると、わたしたちが先に述べた機械仕掛けには、それが直線状のものであっても、すでにおかしさがある。けれども、それが円環状のものとなれば、そして原因と結果が宿命的にかみ合って、人物の努力が当の機械仕掛けをいとも簡単に同じ場所へ連れ戻すことになれば、それ以上のおかしさが生み出される。ところで、かなりの数のヴォードヴィルがこうした観念の周囲を回っているのを見ることができるだろう。［たとえば］イタリア製の麦藁帽子が馬に食べられてしまった。それと似たような帽

15　ラシーヌ「裁判きちがい」第一幕第七場（『ラシーヌ戯曲全集I』所収、川俣晃自訳、人文書院、一九六四年、二三六－二三七頁）。干し草二束の損害を請求したものが逆に六千フランの賠償を請求される過程を、訴訟狂シカノーが同じく訴訟狂である伯爵夫人に説明する場面を指す。

16　セルバンテス『ドン・キホーテ　前篇（二）』第三部第十六章「城だと思いこんだ旅籠で機知に富んだ郷士に起こったことについて」（二九〇頁）。

子はパリにひとつだけある。どんな犠牲を払ってでもそれを見つけ出さなければならない。その帽子は、やっと手に入ると思った瞬間に遠のいていくということを繰り返し、主役を駈けずり回らせるのだが、この主役はというと、自分にうるさくつきまとう他の人物を駈けずり回らせるのである。それは、磁石が自分の近くにあるものから順々に磁力を伝えていくことで、鉄屑をぶらさがるようにくっつけていくのとよく似ている。そしてようやく、予期せぬ出来事が繰り返された後に、その目的を果たせると思ったとき、あれほど欲しがっていた帽子が、ほかでもない食べられてしまったあの帽子であることがわかるというわけだ。[17] ラビッシュのこれに劣らないくらい有名な別の喜劇に、このヴォードヴィルと同じ冒険譚(オデュッセイア)がある。冒頭で描かれるのが、古くからの知り合いである独身の老男女で、彼らは日課にしているカード遊びを一緒に行っている。彼らは二人とも、別々にではあるが、同じ結婚斡旋所に登録している。無数の困難を乗り越え、災難が何度も降りかかるなか、劇の続くあいだずっと、彼らは肩を並べて駆け抜け、そうして見合いの席に辿り着いてみると、目の前にいる相手はお互いの姿というわけだ。[18] 最近公開されたばかりの芝居にも、これと同じ堂々めぐりの効果、これと同じ出発点への回帰がみられる。そこでは家庭で虐げられた夫が離婚によって妻と義母から逃れたと信じる。彼は再婚する。しかし、離婚と結婚の連鎖がめぐりめぐって、彼の前妻が、彼にとってさらに深刻な存在、新しい義母という形で彼に連れ戻されることになる、というわけだ。[19]

この種のおかしさがもつ強度と頻度のことを考えると、それが何人かの哲学者の想像力をかき立てたのも頷ける。はるばる道を進んだ後、それと知らずに、出発点に戻って来るというのは、骨折り損の草臥れ儲けだ。おかしさをこのような仕方で定義したくなるのもわからなくはない。ハーバート・スペンサーの考えはこうしたものであるようにみえる。つまり、笑いとは努力の果てに突如として空虚に出くわすことのしるしではないだろうか、ということだ。[20] カントはすでに「笑いはある期待があっという間に水泡に帰してしまうことから生じる[21]「情動である」」と言っていた。こうした定義がわたしたちの最後に挙げた例に当てはまることは認めてよい。しかし、この定式にはいくつかの留保を加えておく必要があるだろう。というのも、笑いを引き起こ

17　ラビッシュ『人妻と麦藁帽子』を指す。
18　ラビッシュ『賭け金箱』を指す。
19　A. Bisson/A.Mars, *Les Surprises du divorce.*（ビッソン／マルス『別れてみれば』）。

さない無駄な努力も多いからだ。しかし、もしわたしたちの最後に挙げた例によって、大きな原因が小さな結果に帰着する、ということがうまく示されているとしても、わたしたちはそのすぐ前のところで、それとは逆の仕方で、つまり小さな原因から大きな結果が出てくると定義すべきであるような他の例を引用しておいた。実を言うと、この第二の定義も第一の定義と同じようにそれほど価値があるわけではない。原因と結果のあいだの不均衡は、それがどちらの方向に進んだとしても、笑いの直接的な原因ではないのだ。わたしたちは、この不均衡から、場合によって、はっきり現れることもあれば現れないこともある何ものかをみて笑うのである。どういうことかというと、わたしたちはこの不均衡が一連の原因と結果の背後に透かして見せてくれる特殊な機械的配置をみて笑うということだ。この配置を無視してみるといい。そうすると、おかしさの迷宮のなかを案内してくれる唯一の導きの糸を捨て去ることになる。それまで従ってきた規則は、その規則に相応しいように選ばれたいくつかの事例には当てはまるかもしれないが、それにそぐわない出会いをもたらす例にひとつでも出くわしただけで、いつ無効にされるかわからないような状態にさらされているのである。

それにしても、なぜわたしたちはこうした機械的配置をみると笑うのだろうか。個人の経歴や集団の経歴が、一定の瞬間に、歯車やバネや糸によって織りなされたもののようにみえるということ、これはたしかに奇妙なことである。しかし、この奇妙さの特殊な性格は何に由来するのだろうか。なぜこの奇妙さはおかしいのだろうか。これまでも多くの形をとって措定されてきたこの問いに対して、わたしたちはやはり同じ答えを返すことになるだろう。人間的な事柄が生気をもって連続していくなかで、侵入者として、わたしたちの不意を襲うことがある硬直した機械仕掛けに、わたしたちはこの上なく特別な関心を寄せている。なぜなら、それは生の緊張が緩むことのようにみえるからである。もし出来事がそれ自身の行く末に絶えず注意深くしていることができるのなら、偶然の一致も、予期せぬ出会いも、堂々めぐりもないだろう。す

20　H. Spencer, "The Physiology of laughter", in *Essays: Scientific, Political, and Speculative Volume II*, 1891, p. 461-462.（スペンサーはイングランド中部ダービー出身の哲学者。進化論の原理を哲学のみならず社会学や倫理学にも適用したことで知られる。小論「笑いの生理学」では、笑いを、その場に相応しくない物事を知覚することによって生じるものという観点から考察している）。

21　カント『判断力批判（上）』二二五（篠田英雄訳、岩波文庫、一九六四年、三〇一頁）。補足は訳者。なお、原文（全体が強調されている）は以下の通り。Das Lachen ist ein Affekt aus der plötzlichen Verwandlung einer gespannten Erwartung in nichts.

べてが前へ向かって展開し、常に進展していくだろう。そして、もし人々がいつも生に対して注意深くしているのなら、もしわたしたちが他人と、そしてわたしたち自身とも、接触を欠かさないでいるのなら、バネや糸によってわたしたちのうちに生み出されるようにみえるものなどあるはずがないだろう。おかしさとは、人物が事物に似ている際に人物の側にみてとられるものであり、人間的な出来事のこうした局面が一種独特の硬直性によって、純然たる機械仕掛けや自動作用といった、要するに生命をもたない運動を模倣する場合にみてとられるものである。したがってそれは個人や集団の不完全さを表現しているのであって、ただちに修正されることを要請しているのだ。笑いとは、この修正そのものである。笑いとは、ある社会的な身振りなのであって、この身振りは人間や出来事にみられるある特殊な緊張の緩みを際立たせ、抑制するものなのだ。

けれども、こうしたことそのものは、わたしたちをさらに進んだ、さらに高度な探究へ向かうよう促す。わたしたちはここまで、子供を楽しませるいくつかの機械的な連鎖反応を大人の遊びのなかに再発見することに没頭してきた。それは経験的なやり方で議論を進めるというものであった。いまや方法に従った完全な演繹を試み、喜劇の多様で変化に富んだやり方を、その源泉そのものに遡って、永続的で単純な原理のなかから汲み取りに行くべきときが来たのである。先に述べたように、喜劇は生の外面的形式のなかにひとつの機械仕掛けを仄めかすように出来事を連鎖させる。だから、外から検証すると、生が単なる機械仕掛けとはまるで違うもののようにみえることの本質的な性格をはっきりさせることにしよう。そうすれば、これと反対の性格に移行するだけで、実際に行われている喜劇の手法と今後に行われる可能性のある喜劇の手法についての抽象的な、そればかりか一般的で完全な定式を手に入れることができるだろう。

生がわたしたちの前に現れるのは、時間におけるある種の進行としてであり、空間におけるある種の複雑化としてである。時間の面から考察すると、生は絶えず老いていく存在の連続的進展である。つまり、生は決して後戻りせず、繰り返されないということだ。空間の面から検証すると、生は、わたしたちの目には、もろもろの共存する要素の展開と映る。それらの要素は相互にきわめて密接に結びつき、ひたすら相互のために作られているので、そのひとつひとつが同時に二つの異なった有機体に属することができないほどのものなのだ。各々の生物はもろもろの現象からなるひとつの閉じられた体系であって、他の諸体系と交渉することはできない。様相の連続的変化、現象の不可逆性、それ自身のうちに閉じこもった系列の完全な個別性、こうしたものこそ、生物を単なる機械的なものから区別する外面的性格（実際にそうであるのか、見かけだけなのかはともかく）である。これとは正反対のものを取り上げてみよう。そうすれば、わたしたちは三つの手法を手にするだろう。お望みとあれば、それを繰り返し、ひっくり返し、系列間の相互交渉と呼んでもよい。この三つの手法がヴォードヴィルの手法であり、それ以外の手法はまずありえない、ということを見てとるのは容易である。

この三つの手法はまず、その成分の配合を異にするものの、わたしたちがこれまで検討してきた場面のなかに、そしてそれにも増して子供の遊びのなかに見出されるだろう。そうした場面は子供の遊びの機械仕掛けを再現しているからだ。この分析をいつまでもやっているわけにはいかない。それよりもこの三つの手法を新しい例に従って純粋な状態で研究することのほうが有益であろう。しかも、それくらい簡単なことはあるまい。というのも、当代の演劇におけるのと同様に、古典喜劇においても、この三つの手法が見出されるのは、純粋な状態であることが多いからである。

一．繰り返し――。ここで問題となるのは、さきほどのように、登場人物が繰り返すある単語やある文章ではなく、ある情況である。ある情況とは、もろもろの外的事情の連鎖のことであり、それは形を変えずに何度も繰り返しやって来るので、生の変わりやすい流れとはまるきり違ったものである。経験がこの種のおかしさをわたしたちにすでに示してくれているが、それは原基的な状態においてに過ぎない。たとえば、わたしがある日、通りで、長いあいだ会っていなかった友人に出くわしたとする。この情況には何もおかしいところがない。しかし、もし、同じ日に、わたしがその友人に再び出くわし、さらに三度も四度も出くわしたとすると、わたしたちはその「偶然の一致」を一緒になって笑うはめになる。だから生命をもったものであると錯覚しても仕方のないものを与える一連の想像上の出来事を思い描いてみるといい。そして進展するこの系列のただなかで、同一の場面が何度も繰り返されるのを想定してみるといい。それが同じ登場人物たちのあいだであっても、異なる登場人物たちのあいだであっても、どちらでもかまわない。すると、またしても、だが先にも増して不可思議な偶然の一致を手にすることになるだろう。わたしたちが演劇で目の当たりにする繰り返しとはこうしたものなのだ。この繰り返しは、繰り返される場面が手の込んだものであればあるほど、また自然にそうなっているようにみえればみえるほど、おかしさを増すことになる――この二つの条件は相容れないようにみえるかもしれないが、その折り合いをうまくつけるのが劇作家の腕の見せどころとなるだろう。

当代のヴォードヴィルはこの手法をありとあらゆる形で用いている。そのなかで最もよく知られているのが、一定の人物からなる集団を、幕ごとに、次から次へと異なった環境のなかで動き回らせるにもかかわらず、新しい状況に入るたびに、細部に至るまで対称性のみられる同じ一連の出来事や災難が舞い戻ってくるというやり方だ。

モリエールには、同一の構成をもった出来事が喜劇の始めから終わりまで繰り返される、という戯曲が少なくない。たとえば、『女房学校』[22]では、ある効果が三段階にわたって繰り返しもたらされ、生み出されることが行われているに過ぎない。どういうことかというと、第一段階では、オラースがアニェスの後見人を欺くために考えついたことをアルノルフに語るのだが、その後見人とは、何を隠そうアルノルフ自身なのである。第二段階では、アルノルフがこの［オラースの］陰謀を回避したと思い込んでいる。第三段階では、アニェスがアルノルフの予防策を逆手にとってオラースの利益になるように立ち回る、といったように。これと同じ規則正しい周期性は『亭主学校』[23]にも、『粗忽者』[24]にも、そしてとりわけ『ジョルジュ・ダンダン』にもみられる。『ジョルジュ・ダンダン』では、同じ効果が三段階にわたって繰り返し見出される。第一段階では、ジョルジュ・ダンダンは妻が自分を裏切っていることに気づく。第二段階では、彼は義理の両親に救いの手を求める。第三段階では、謝罪するのが、彼、つまりジョルジュ・ダンダンのほうになる、といったように。[25]
時として、同じ場面が繰り返し生み出されるのが、それぞれ異なった人物からなる別々の集団のあいだにおいて、ということもある。このとき、第一の集団に含まれるのが主人たちであり、第二の集団に含まれるのが使用人たちである、ということも珍しくない。使用人たちは、主人たちによってすでに演じられた場面を、もっと品のな

22 『女房学校　他二篇』（辰野隆・鈴木力衛訳、岩波文庫、一九五七年）。
23 『モリエール全集』第2巻所収、鈴木力衛訳、中央公論社、一九七三年。
24 『モリエール全集』第4巻所収、鈴木力衛訳、中央公論社、一九七三年。
25 田舎貴族の娘と結婚した新興成金の農民ジョルジュ・ダンダンが、度重なる夫婦の危機に際してつねに一方的な謝罪を余儀なくされる姿を念頭に置いている。

い文体に移し換え、違った調子で繰り返すことになるのだ。『恋人の喧嘩』[26]の一部はこうした筋立てに基づいて構成されているし、『アンフィトリヨン』[27]も同様である。ベーネディクスの面白い小喜劇である『強情者』（*Der Eigensinn*）では、順序が逆になっている。[28]この喜劇では、使用人たちが示した模範に従って意地を張り合う場面を繰り返し生み出すのは主人たちのほうなのである。

とはいえ、対称性のみられる情況でそれぞれの役割を分担している人物たちの関係がどうなっていようと、古典喜劇と当代の演劇のあいだには、深い相違が拭い難く残っているようにみえる。ある種の数学的秩序を出来事に導入しながらも、その出来事に本当らしさの、つまり生の様相を保持させること、両者で常に目的となっているのはそれだ。ただし、その目的のために用いられる手段が異なっているのである。ヴォードヴィルでは、その大半が観客の精神に直接働きかけるものとなっている。偶然の一致が実際にどれほど不可思議なものであっても、その一致は、それが受け入れられさえすれば、受け入れ可能なものになるだろうし、その一致を受け取るよう少しずつ伏線が張られていたなら、わたしたちはそれを受け入れるだろう。当代の作家たちもしばしばこのようなやり方をしている。これとは反対に、モリエールの演劇では、繰り返しを自然なものにみえるようにするのは、登場人物の気持ちであって、観衆の気持ちではない。モリエールの演劇の登場人物たちは、それぞれがある力を表していて、その力はある方向に向けられている。そしてそうした力が、方向を変えないまま、同じような仕方で相互の関係を寸分違わずに構成していくからこそ、同じ情況が繰り返し生み出されるのである。情況喜劇[29]は、このように理解されるなら、性格喜劇[30]ときわめて近い関係にあることになる。古典芸術とは原因のなかに置いた以上のものを結果から引き出そうとしない芸術である、というのが本当だとしたら、情況喜劇は古典的と呼ばれるに値するものなのである。

26　『モリエール全集』第2巻所収、秋山伸子訳、臨川書店、二〇〇〇年。
27　『モリエール全集』第2巻所収、鈴木力衛訳、中央公論社、一九七三年。
28　ベーネディクス（J.R. Benedix）はライプチヒで活躍した劇作家。『強情者』は *L'Entêtement* というタイトルで一八八六年に Hachette より仏訳が刊行されている。
29　情況 situation がもたらすおかしさに重点を置いた喜劇のこと。
30　登場人物の性格 caractère がもたらすおかしさに重点を置いた喜劇のこと。

二、ひっくり返し——。この第二の手法は第一の手法と多くの点で類似している。だからわたしたちはその適用事例をいちいち取り上げることをせず、この手法を定義するだけにとどめておこう。ある情況に置かれた何人かの登場人物を想像してもらいたい。このとき、情況が裏返しになり、役割が入れ替わる、というようにすれば、おかしさをもった場面が得られるだろう。この種のものとしては『ペリション氏の旅行記』における対になった救助活動の場面[31]が挙げられる。もっとも、対称性をもった二つの場面がわたしたちの眼の前で演じられなくても一向にかまわない。わたしたちが間違いなくもう一方の場面を思い浮かべられるというのであれば、一方の場面だけを示してくれればよいのだ。そういうわけで、わたしたちは判事に説教をする被疑者を笑い、両親に教訓を垂れようとする子供を笑うのであり、要するに「逆さまになった世界」という見出しで分類されるようになるものを笑うのである。

　自分で網を張っておきながら、それに自分自身が引っ掛かるはめになる人物を登場させることも少なくない。迫害者が自らの迫害の犠牲者になったり、ぺてん師がぺてんにかかったりする物語は、多くの喜劇の題材となっている。これはすでに古い時代の笑劇（ファルス）[32]に見出されるものだ。たとえば、弁護士パトランは自分の顧客に判事の追及をかわす策略を伝授する。ところが、この顧客は弁護士に報酬を支払わずに済ませるためにその策略を利用することになる。[33] あるいは、口やかましい妻が夫にすべての家事をしてくれるよう要求する。そして、彼女はその明細を「目録」に書きとめておいた。そうしたなか、彼女が盥（たらい）の底に落ちるということが起こるのだが、夫は彼女をそこから引き上げるのを断ることになる。というのも「それはその目録に載っていない」からだ、といったように。[34] 現今の文学は、盗みに遭う盗人、という主題にもとづいて、それ以外の多くのヴァリエーションを制作している。結局のところ、主題となっているのは常に人物の役割が入れ替わるということであり、ある情況がそれを作り出した

31　ラビッシュ『ペリション氏の旅行記』第二幕第三景（三九－四三頁）と同第十景（六二－六九頁）を指す。ペリション氏は第三景では救助される側であり、第十景では救助する側であるが、その違いを除けば、交わされるやりとりはほぼ同じである。

32　中世の宗教劇の幕間で演じられた小劇で、仕草の誇張などを特徴とする。

33　作者不詳『ピエール・パトラン先生』（渡辺一夫訳、岩波文庫、一九六三年）。とくに、七「パトランの家」以下。

34　*Farce nouvelle très bonne et fort joyeuse du Cuvier.*（作者不詳『洗濯盥にまつわるこの上なく愉快な新笑劇』。『ピエール・パトラン先生』ともども、十五世紀後半に成立したとされる）。

人物にとって不利になるように変わるということである。

ここにおいても、わたしたちがひとつならぬ適用事例をすでに指摘してきた法則の正しさが確証されるだろう。おかしさをもったひとつの場面が繰り返し演じられることが多いと、その場面は「カテゴリー」もしくはモデルの状態に移行する。それはわたしたちを面白がらせる原因とは無関係に、それ自身で面白いものとなるのだ。そうなれば、新しい場面は、理論上はおかしさをもったものでなくても、先のおかしさをもった場面にどこか類似しているところがあれば、実際上はわたしたちを面白がらせることができるだろう。この新しい場面は、多少なりとも漠然とではあるが、わたしたちの精神のなかに、わたしたちが愉快なものだと知っているイメージを想い起こさせるだろう。そうして、公式に承認されているおかしさの類型を形象として含むひとつの類に分類されることになるだろう。「盗みに遭う盗人」の場面はこの種のものである。この場面は自らに含まれているおかしさを、それ以外のいろいろな場面に拡散する。この場面は、どんな過失によるものであれ、どんな災難によるものであれ、自分の過失が招いたあらゆる災難を――いやそれどころか、そうした災難を仄めかすことや、思い出させたりする言葉を、最終的におかしさをもったものにするのである。

「自業自得なんだよ、ジョルジュ・ダンダン」[35]、この言葉は、おかしさに余韻を残す共鳴がなければ、何の面白さもないことだろう。

三．――わたしたちは繰り返しとひっくり返しについてもう十分に語ってきた。そろそろ系列間の相互交渉に取りかかることにしよう。このおかしさを生む効果の定式を引き出すことは難しい。というのも、それが劇場で上演されるときは途方もなく変化に富んだ形で現れるからである。それを無理やり定義するとすれば、おそらく次のようなものになるだろう。ひとつの情況は、それが絶対的に無関係な二つの系列の出来事に同時に属しており、かつ同時にまったく異なる二つの意味で解釈することができるときには、常におかしさをもったものとなる。

こう言うとすぐに取り違えのことが思い浮かんでくるだろう。そして取り違えというのは実際、二つの異なった意味を同時に呈示するひとつの情況のことである。その

35　モリエール「ジョルジュ・ダンダン」第一幕第九景（三〇頁）。ジョルジュ・ダンダンの自嘲的独白。

一方は単に可能的な意味であって、俳優たちがその情況に当てはめるものであり、もう一方は現実的な意味であって、観客がその同じ情況に与えるものである。わたしたち［観客］が情況の現実的な意味に気づくのは、当の情況のあらゆる側面をわたしたちに見せるよう配慮がなされていたからである。ところが、俳優たちは各々がそのうちのひとつの側面しか知らない。そこから勘違いが生じ、誤った判断が下されるのであるが、それは俳優たちが自分の周囲で行われていることに対しても、自分自身が行っていることに対しても、同じように起こるのである。わたしたちはこの誤った判断から正しい判断へ進んで行く。そうして可能的な意味と現実的な意味のあいだを揺れ動くのである。そして、取り違えがわたしたちを面白がらせてくれるもののなかで真っ先に現れてくるのは、この対立する二つの解釈のあいだをわたしたちの精神が行ったり来たりすることなのだ。哲学者のなかでこの行ったり来たりにとりわけ強い印象を受けた者がいて、相矛盾する二つの判断がぶつかり合ったり重なり合ったりすることにおかしさの本質そのものをみた者がいるというのは、もっともなことだと思う。けれども、彼らの定義がどんな場合にも当てはまるかというと、そうではない。それどころか、それが当てはまる場合であっても、おかしさの原理を定義するのではなく、そこから近からずといえども遠からずといった帰結のひとつを定義するだけに過ぎない。実際、容易にみてとれることだが、演劇における取り違えはお互い無関係な系列間の相互交渉という、もっと一般的な現象の特殊な場合でしかないし、しかも取り違えはそれだけで笑いを誘うのでなく、系列間の相互交渉の記号としてしか笑いを誘わないのである。

実際、取り違えでは、登場人物の一人一人は自分に関わりのある出来事からなるひとつの系列のなかに押し込まれており、その出来事を正確に体現していて、その出来事に合わせて自分の言葉と行動を決めている。ひとつひとつの系列は一人一人の登場人物と個別に関わりがあり、それぞれがお互いに無関係な仕方で展開されていくわけである。だが、それらの系列はある瞬間に出会いを果たす。それは、もろもろの系列のうちのひとつに属する行動と言葉を他の系列にも当てはめることができる、といったような条件においてのことである。そこから登場人物の勘違いが生じるのであり、そこから両義性が生じるのである。だが、この両義性には、それだけでおかしさがあるのではない。この両義性におかしさがあるのは、それがお互いに無関係な二つの系列の偶然の一致をはっきり見えるようにするからである。それを疑いえないものにするため、〔喜劇〕作家は相互の無関係性と偶然の一致というこの二つの事実にわたしたちの注意をもっていく努力を怠ってはならない。作家は通常、偶然に一致する二つの系列が分離するかもしれないと絶えず匂わせておくことで、その目的を達成するものだ。すべてが破綻しそうになっては元通りになるということが繰り返される。わたしたちを笑わせるのはこうした演劇の流れであって、それは矛盾する二つの断定のあいだをわたしたちの精神が行ったり来たりすることをはるかに超えるものなのだ。しかもこの流れがわたしたちを笑わせるのは、それがおかしさを生む効果の真の源泉であるお互いに無関係な二つの系列間の相互交渉をわたしたちの目にはっきり見えるようにするからなのである。

そういうわけであるから、取り違えというのは特殊な事例でしかありえない。それは系列間の相互交渉を感じられるようにする（おそらく最も人為的な）手段のひとつである。とはいえ、それが唯一の手段ということではない。二つの系列を同時に起こるものにするのではなく、ひとつは昔の出来事からなる系列、もうひとつは今の系列とすることもできるだろう。この二つの系列が首尾よくわたしたちの想像力のなかで相互交渉するようになれば、もう取り違えはなくなるだろうが、それでもやはりおかしさを生む効果には同じものがあるだろう。シヨン城にボニヴァールが囚われの身となっている様子を考えてもらいたい。これを事実の第一の系列とする。次に、スイスを旅行し、逮捕され、投獄されたタルタランを思い描いてもらいたい。これを第一の系列とは無関係な、第二の系列とする。その上で、ボニヴァールが繋がれたまさにその鎖にタルタランが繋がれ、二つの物語が一瞬のあいだ合致したようにみえるとしてもらいたい。すると、きわめて面白い場面が、ドーデの空想力が描いた最も面白い場面のひとつが手に入るだろう。[36] 英雄喜劇[37]のジャンルで起こる出来事は、その多くがこ

36　ドーデー『アルプスのタルタラン』十一「タラスコンへ―ジュネーヴ湖―タルタラン、ボニヴァールの土牢探訪を提議す―薔薇の園の短い対話―一行全部獄屋（ひとや）に―不幸なボニヴァール―アヴィニョン製の綱（ロープ）のあった所」（ボニヴァールはスイスの宗教改革者で、サヴォワ公に抗してジュネーヴの独立を主張したため、シヨン城に囚われた。このエピソードがバイロンの詩とドラクロワの絵で有名であることは、同章の冒頭でも触れられている。タルタランが訪れたときはすでに観光地となっており、誤って囚われた彼は当代のボニヴァールとして見世物になる）。なお、『ドン・キホーテ』の笑いの源にもこれとよく似たところ（騎士道の時代という過去に生きるドン・キホーテと、その当時の時代という現在に生きるサンチョ・パンサを始めとした周囲の人物とのコントラスト）があるだろう。

れと同じように分析されうる。昔のものを今の時代に移行させると、たいていはおかしさのあるものとなるが、それはこれと同じ考え方から着想を得ているのである。

ラビッシュはありとあらゆる形でこの手法を用いた。たとえば、お互いに無関係な系列をつくっておいた上で、これを相互に交渉させて楽しむ、という手法がある。婚礼の参列者のような、身内ばかりの集団を引っこ抜き、その集団を彼らとまったく縁のない環境に放り込んでしまうのだが、偶然の一致がいくつかあることによってその集団がそこにちょっとの間なら挿入されても大丈夫なようになっている、といった場合がそうだ。[38] また、登場人物たちが全篇を通じてまったく変わることのない関係性を保ち続けるものの、そのうちの何人かが隠し事をしていて口裏を合わせなければならず、大きな喜劇のなかでもうひとつの小さな喜劇を演じるようにする、という手法もある。そこでは、ひっきりなしに二つの喜劇のうちの一方が他方をかき乱しにかかるのだが、事はうまく運んで、二つの系列の一致が取り戻されることになる。[39] さらにまた、まったく観念的な系列を現実の系列のなかに挿入する、という手法もあって、ある過去を隠しておきたいのに、それが絶えず現在のなかに押し入ってくるので、そのたびに、この過去を、それがめちゃくちゃにするに違いないと思われた情況となんとか融和させる、といった場合がそうだ。[40] だが常に、わたしたちはお互いに無関係な二つの系列を見出すのであり、部分的な一致を見出すのである。ヴォードヴィルの手法を分析するのはこれぐらいにしておこう。系列間の相互交渉であろうと、ひっくり返しであろうと、繰り返しであろうと、その目的はいつも同じであるということ、すなわち、わたしたちが生の機械化と呼んだものを手に入れることであるということがわかる。そのとき、わたしたちはもろもろの行動からなる体系

37　滑稽なエピソードが混じった英雄譚のこと。

38　ラビッシュ『人妻と麦藁帽子』第三幕で、婚礼の参列者が一斉に移動して、一時的に、別邸で催される音楽会の聴衆となる場面を指す。

39　ラビッシュ『賭け金箱』における、賭け金箱に貯まったお金でパリに出掛けた田舎者たちの珍道中（大きな喜劇）と、その一員である結婚斡旋所に登録している老男女、お互いに結婚を望む若い男女、仕事の後継を期待する父とそれに逆らう息子の関係（小さな喜劇）を指す。

40　ラビッシュ「ルルシィヌ街事件」（『新劇』5（3）一九五八年一月号所収、梅田晴夫訳、白水社）における、妻に内緒で外出して深酒したため覚えていない前夜の記憶（過去）を手繰り寄せる試みと、そのとき起きたとされる惨殺事件との関わりを臭わせる自らの風体（現在）との符合を解消しようとして、無理やり辻褄合わせのアリバイづくりをする夫の姿を指す。

やもろもろの関係からなる体系を取り上げて、それをそのまま繰り返したり、あべこべにひっくり返したり、部分的に一致する別の体系にまるごと移転させたりするだろう——どの操作も反転可能な効果と相互に交換可能な部品とをもった繰り返しの機械仕掛けとして生を取り扱うことに存している。現実の生は、これと同じ種類の効果を自然に生み出すのであればあるほど、したがって自分自身を忘れるのであればあるほど、ヴォードヴィルになっていく。というのも、現実の生が注意を怠らないでいたならば、それは多様な連続であり、反転不可能な進展であり、分割不可能な統一であるということになるからだ。そしてそういうわけで、もろもろの出来事が織りなすおかしさは事物の緊張が緩んだ状態と定義できるのであるが、それは個人の性格のおかしさがその人に存するある根本的な緊張の緩みと密接に結びついているのと同じである。このことはこれまでもそれとなく仄めかしておいたし、後ほど詳細に示すつもりである。けれども、ここで取り上げた、もろもろの出来事が織りなす緊張の緩みは例外的である。その効果は軽微である。そしてこの緊張の緩みはいずれにしても修正不可能であるから、これを笑ったところで何の役にも立たない。そういうわけで、もし笑いが快楽でなかったとしたら、そしてもし人間が笑いを引き起こすどんな小さな機会もすかさずつかむのでなかったとしたら、この緊張の緩みを誇張するとか、それを体系に仕立て上げるとか、そのためにひとつの芸術を創造するとかいった考えがやって来ることはなかっただろう。このようにヴォードヴィルは説明される。つまりヴォードヴィルと現実の生との関係は、手足が自由に動かせる操り人形と歩行する人間との関係と同じなのであり、ヴォードヴィルはもろもろの事物にみられるある自然な硬直性をきわめて人為的に誇張したものなのである。ヴォードヴィルを現実の生に結びつける糸は切れやすい。それは遊び程度のものでしかなく、すべての遊びと同じように、あらかじめ合意のなされた約束事に従っている。この性格喜劇については、性格喜劇は生のなかにそれとは別の仕方で深い根を張っている。本書の最後の部分〔第三章〕で取り組むつもりである。しかしその前に、ヴォードヴィルのおかしさと多くの面で似ているある種のおかしさ、言葉のおかしさを分析しておかねばならない。

二

言葉のおかしさのために特別なカテゴリーを設けるということには、どこか不自然なところがないわけではない。というのも、わたしたちがここまで研究してきたおかしさを生む効果の大半はすでに言語を媒介として生じていたものであるからだ。しかし、言語によって表現されるおかしさと言語によって創作されるおかしさとを区別しておく必要はある。前者のおかしさは、そうしようと思えば、ある言語から他の言語へ翻訳することができないわけではない。ただ、習俗や、文学や、とりわけ観念連合の仕方が異なる新しい社会に移入されると、その奥深さの大部分が失われてしまう恐れがあることを十分に承知しておかねばならない。それとは異なり、後者のおかしさは一般に翻訳することができないものである。それは自らの存在を文章の構成や言葉の選択に負っている。それは、言語を用いて、人間や出来事にみられるある特定の緊張の緩みを明らかにするのではない。言語それ自身にみられる緊張の緩みを際立たせるのである。この場合、おかしさがあるのは、言語それ自身なのだ。

文章は文章だけで作られるのではないのであって、文章を読んで笑うとき、わたしたちはそれに乗じてその作者を笑ってもかまわない、というのはまったくその通りである。もっとも、この後半部分の条件［作者を笑う］が不可欠ということはないだろう。この場合、文章や言葉は作者から独立していて、それだけでおかしさを生む力をもっているとみなしうるからだ。その証拠として、わたしたちは、話題になっている人のことを漠然と感じていることがあるときでも、誰のことを笑っているのかを言おうとして途方に暮れてしまう場合が多い、ということを挙げておく。

そればかりか、話題になっている人が必ずしもその言葉を発している当人というわけではない。だから機知に富んだもの［*spirituel*］とおかしさがあるもの［*comique*］との区別をはっきりさせておくべきだろう。ある言葉を口にする人がいて、それを耳にしたわたしたちがその人のことを笑うとき、その言葉にはおかしさがあると言われるのであり、また、第三者のことを笑ったり、わたしたち［自身］のことを笑ったりするとき、その言葉は機知に富んでいると言われる、ということなのかもしれない。しかし、たいていの場合、その言葉におかしさがあるのか、それとも機知に富んでいるのかを決めることはできないだろう。それは笑いを誘うというだけなのだ。

さらに先へ進む前に、機知ということで何が理解されているのかをもっと詳しく検証しておく必要もあるかもしれない。というのも、機知に富んだ言葉がわたしたちを少なくとも微笑ませるものである以上、機知の本性を究明することや、その観念を解明することを疎かにしているうちは、笑いの研究は完全なものではないと思われるからだ。けれども、そのエッセンスはとても繊細なものなので、光を当てると分解されてしまうのではないかとわたしは心配している。

まず機知という言葉の二つの意味を区別しよう。一方は広い意味であり、他方は狭い意味である。言葉の最も広い意味においては、ある種の劇的な思考様式が機知と呼ばれているように思われる。機知に富んだ人は、自分がもつ観念を誰の関心も惹かない象徴として取り扱うのではなく、人間であるかのようにそれを見たり、聞いたり、とりわけ相互に対話させたりするのである。この人は自分がもつ観念を舞台に上げるし、自分自身も、少しだけ、舞台に上がる。機知に富んだ民衆は演劇を熱愛する民衆でもある。機知に富んだ人にはどこか詩人的なところがみられるが、それは優れた読書家に俳優の萌芽がみられるのと同じである。わたしはわざとこうした比較をしている。そうすればこの四つの項のあいだにたやすく比例関係を定められるのではないか、というのがその理由である。しっかり読むためには、俳優の技芸の知的な部分を所有するだけでよい。けれども、しっかり演じるためには、自分の全身全霊をもって俳優にならなければならない。このように詩的創造はある種の自己忘却を要請するのだが、普通、機知に富んだ人はそうした状態に陥ることはない。機知に富んだ人は、何を言っても何をやっても、その背後に、多少なりともその人自身の姿が透けて見える。この人は自分の発言や行動に夢中になって我を忘れるということがない。なぜなら、この人はそこに自分の知性しか注ぎ込まないからである。

だとすれば、どんな詩人も自分がなりたいときに機知に富んだ人となって現れることができるだろう。そのために新たに手に入れる必要のあるものは何もないだろう。それよりもむしろ何かを捨て去るべきだろう。自分の観念を「何のためでもなく、楽しみのために」[41]相互に会話させておけば十分だろう。自分の観念を自分の感情に接触させ、自分の心を生に接触させている二重の結びつきを緩めさえすればよいだろう。要するに、もはや心情によっても詩人でありたいと願わず、ただ知性によってのみ詩人でありたいと願えば、機知に富んだ人に変われるだろう、ということだ。

けれども、もし機知が一般に事物を演劇の相(スブ・スペキエ・テアトリ)の下に見ることにあるとすれば、それは殊更に演劇芸術のある変種としての喜劇に向いているかもしれない、という考えが

41　ユーゴー「マリヨン・ドロルム」第二幕第一場（『ユーゴー全集』第1巻所収、神津道一訳、ユーゴー全集刊行会、一九一九年、二一二頁）。

浮かんでくる。そこから出てくるのが、機知という言葉のもっと狭い意味、それも笑いの理論という観点からわたしたちの関心を惹く唯一の意味である。この場合、機知とは通りすがりに喜劇的場面を素描する性向のことであるが、その素描はとても控え目で、とても軽快で、とても迅速になされるために、わたしたちがそれに気づき始めたときには何もかもがすでに終わっているのである。

　こうした場面の俳優はどんな人たちだろうか。機知に富んだ人は誰を相手にしているのだろうか。その人の言葉が対話者の一人に対する直接の応答であるのなら、まずその対話者たち本人を相手にしているということになる。その場にいない人を相手にしているということもしばしばあって、機知に富んだ人は、その人が話をして、自分がその人に答えた、と想定するのである。それよりもはるかに多いのは、すべての人を相手にしている、つまり常識［共通感覚］を相手にしているということであって、日常的な観念をパラドクスに転じたり、慣用的な言い回しを濫用したり、誰かからの引用やことわざを茶化したりして常識を責め立てるのである。そうした小場面を相互に比較してもらえば、それが一般に、わたしたちがよく知っている喜劇の主題（テーマ）、すなわち「盗みに遭う盗人」という主題に基づく翻案（ヴァリエーション）であることがわかるだろう。隠喩や成句や推論を押さえておき、それを作る人や作りそうな人に向けて送り返すのだが、その際、その人が言おうとしていなかったことを言ったかのように、そしてその人自身が、いわば、言語の罠にかかってしまったかのように送り返すのだ。とはいえ、「盗みに遭う盗人」という主題が唯一可能な主題というわけではない。わたしたちは多くの種類のおかしさを検討してきたが、そのうちのどれひとつとして研ぎ澄まされて機知に富んだ言葉とならないものはないのである。

したがって機知に富んだ言葉は分析にかけることができるのであり、そうであるからには、わたしたちはその処方箋とでもいうべきものを与えることができる。その処方箋は次の通りだ。すなわち、当該の言葉を取り出し、まずそれに厚みを加えて舞台(シーン)で演じられるようにする。ついでその場面(シーン)が帰属できるような喜劇のカテゴリーを探せばよい。そうすれば、その機知に富んだ言葉を最も単純な要素に還元することになり、完璧な説明がなされることになるだろう。

この方法を古典的な例に当てはめてみよう。「わたしはあなたの胸に痛みを感じています」[42]と、セヴィニェ夫人は病気の娘に手紙を書いた。これは機知に富んだ言葉である。もしわたしたちの理論が正しいのであれば、この言葉に力を込め、拡大し、厚みを加えるだけで、それが喜劇の場面として通用するのを目にすることができるだろう。ところで、こうした小場面が、そっくりそのままの形で、モリエールの『恋は医者』に見出される。偽医者のクリタンドルは、スガナレルの娘に手当てをするために呼ばれたのだが、スガナレル本人の脈をとっただけでよしとし、父娘のあいだには共感が存在するに違いないと踏んで、ためらうことなく次のように結論するのである。「お嬢様はご病気に相違ございません。[43]」ここにこそ機知に富んだものからおかしさがあるものへの移行が実現されているといってよい。となると、わたしたちの分析を完全なものにするために残されているのは、もはや父や母を聴診して子供に診断を下すという観念のなかにどんなおかしさがあるのかを探し求めることしかない。けれども、わたしたちの知るところでは、喜劇的空想がもつ本質的な形のひとつは、生きている人間を手足が自由に動かせる一種の操り人形のように上演してみせることにあるし、また、わたしたちに間違いなくそうしたイメージを抱かせるために、二人ないし数人の人が登場し、彼らがあたかも目に見えない糸で互いに結び合わされているかのように話をし、行動するということも少なくない。この場合も、ほかならぬこの観念こそ、わたしたちが娘とその父とのあいだに打ち立てる共感とでもいうべきものを具現化するよう仕向けられることで示唆されている当のものではないだろうか。そうであるなら、機知を取り扱った著述家たちが、この機知という語が描き出す事柄の途方もない複雑さを書きとめるにとどまるほかなく、それを定義するのに成功することがまずなかった理由も理解できよう。機知に富んだ仕方は機知に富んでない仕方と同じくらい多くあるのだ。機知に富んだものとおかしさがあるものとの一般的関係を決定することから始めずして、途方もない複雑さをもった事柄のあいだに共通点があることに気づけるとでもいうのだろうか。しかし、いったんこの関係が引き出されると、すべてがはっきりする。そのときおかしさがあるものと機知に富んだものとのあいだに発見されるのは、すでに上演の済んだ場面と、これから上演される場面に対してさりげなく情報提供を行うこととのあいだにみられるのと同じ関係である。お

42　Madame De Sévigné, 901—A Madame De Grignan, A Paris, ce mercredi 29e décembre 1688 in *Lettres, III*, Bibliothèque de la pléiade, Gallimard, 1963, p. 294.（ただしロビネも指摘するように、原文は La bise de Grignan ...me fait mal à votre poitrine〔...〕「グリニャン地方の北風がわたしをあなたの胸において苦しめています」であり、ベルクソンの引用である J'ai mal à votre poitrine の出所は不明）。

43　モリエール「恋は医者」第三幕第五景（一九一頁）。

かしさがとりうる形の数が多ければ、それに合わせて、機知も多様なものとなるだろう。したがって、まず定義しておかなければならないのは、おかしさのさまざまな形であって、それはある形から別の形へと導く糸を見つけ出すことによってなされる（これだけでもかなり難しいことである）。これをやりさえすれば、機知を分析したことになるだろうし、機知はそのとき、おかしさが気化したものでしかないようにみえるだろう。しかし、それとは逆の方法に従って、機知の定式を直接的に探求しようとすれば、確実に失敗することになる。化学者が自分の実験室に好きなだけ研究素材を持っているのに、それを大気中にあるただの痕跡の状態でしか研究しないと主張したら、その化学者は世間から何と言われるだろうか。

しかし、機知に富んだものとおかしさがあるものとのこうした比較は、同時に言葉のおかしさに関する研究のために踏むべき手順を示してくれる。一方で、実際に、おかしさを生む言葉と機知に富んだ言葉のあいだに本質的な相違のないことがわかっているし、また他方で、機知に富んだ言葉は、言語のもつ言葉の綾に結びつけられているとはいえ、喜劇的場面のイメージ――それは曖昧な場合もあれば明瞭な場合もある――を喚起させる。つまり、言語のおかしさは、そのひとつひとつが、行動のおかしさや情況のおかしさと対応するに違いないということであり、もしこう表現することが許されるのなら、行動のおかしさや情況のおかしさを言葉の平面上に投影したものでしかないということである。だから、行動のおかしさや情況のおかしさに立ち戻ってみよう。それを手に入れる主要な手法を考察してみよう。その手法を言葉の選択と文章の構成に当てはめてみよう。そうすれば、わたしたちは言葉のおかしさのさまざまな形や、機知の多様性がとりうる姿を手にすることができるだろう。

一．――硬直性や惰性に任せて、ついつい、言うつもりのなかったことを言い、するつもりのなかったことをしてしまう、ということがある。これがおかしさの大いなる源泉のひとつであることをわたしたちは知っている。緊張の緩みが得てして笑いを誘うものであるのもそういうわけだ。また、硬直したもの、すっかり出来上がっているもの、要するに機械的なものが、身振りや態度、ひいては顔の表情にみられようものなら笑いが起きる、というのもそういうわけだ。この種の硬直性は言語にも認められるだろうか。おそらく認められるだろう。というのは、決まりきった文句や型にはまった文章がいくつもあるからである。そうした文体で自分を表現することしかできないような人物がいるとしたら、その人物にはいつでもどこでもおかしさがあるということになるだろう。けれども引っ張り出されてきた文章が、それを発した人から切り離されてしまった場合であっても、その文章がそれ自身でおかしさをもったものであるためには、それが紋切型の言い回しであるというだけでは十分でなく、さらに、その文章が自らのうちに何らかの記号(しるし)を保持していて、わたしたちがその記号(しるし)を通じて、何のためらいも感じることなく、当の文章が自動的に発せられたということがわかるのでなければならない。その文章にひどい誤りがあるとか、とりわけ用語の使い方に矛盾があるとかいった、あからさまな不条理を含んでいる場合を除けば、そうしたことはほとんど起こりえないのである。そこから次のような一般法則が導き出される。すなわち、**不条理な観念を慣用表現の鋳型に挿入すれば、おかしさをもった言葉が得られることになる**。

「このサーベルはわたしの生涯の最も華やかな日です」[44]とプリュドム氏は言っている。この文章を英語かドイツ語に翻訳してみてほしい。フランス語ではおかしさのあったものが、ただ単に不条理なだけになるだろう。どうしてかというと、「わたしの生涯の最も華やかな日」という言い回しは、「フランス語では」紋切型の結び文句のひとつであって、わたしたちの耳に馴染んでいるからだ。となると、この文句をおかしさのあるものにするためには、それを発する人の自動作用を白日の下におくだけで十分である。そこに不条理を挿入すれば、目的は達成されるのだ。この場合は不条理がおかしさの源泉なのではない。不条理はわたしたちにおかしさを明示するためのとても簡単で、とても有効な手段でしかないのだ。

わたしたちはプリュドム氏の言葉をひとつしか引用していない。けれども、彼のものとされている言葉の大半はこれと同じモデルに基づいてつくられている。プリュドム氏は紋切型の言い回しを使う人である。そして、どのような言語にも紋切型の言い回しはあるので、プリュドム氏［の言葉］はめったに翻訳することができないが、おおむね意訳することはできる。

時として、言い回しが陳腐なために、不条理がオブラートに包まれてしまって、先の場合よりも少しそのことに気づきにくいこともある。「食事と食事のあいだに働く

44　H. Monnier/G. Vaez, *Grandeur et décadence de M. Joseph Prudhomme*, Acte II, scène XIII.（モニエ／ヴァエズ『ジョゼフ・プリュドム氏の栄光と没落』第二幕第十三景）。

のは好きでない」とある怠け者が言ったとする。もし「食事と食事のあいだに食べるべきではない［間食はすべきでない］」という健康のための衛生訓がなかったとしたら、この言葉は面白くもなんともないだろう。

また時として、その効果が複雑になっていることもある。陳腐な言い回しの鋳型がひとつだけでなく、二つも三つもあって、それらが入れ子構造になっているのだ。例を挙げると、ラビッシュの登場人物の一人の言葉「自分の同類を殺す権利をもっているのは神だけだ[45]」がそれに当たる。この場合、わたしたちに馴染みのある二つの命題がうまく利用されているように思われる。すなわち「人間の生を意のままに扱えるのは神である」と「自分の同類を殺すことは、人間にとって、罪である」がそれだ。しかし、この二つの命題の組み合わせはわたしたちの耳を欺くように、そして機械的に繰り返され受け入れられているあの言い回しのひとつであるという印象をわたしたちに与えるようになっている。そこからわたしたちの注意のまどろみが生じるのであって、それを突然に不条理が目覚めさせるのだ。

おかしさの最も重要な形のひとつが言語の平面にどのように投影され、単純化されるかを理解するには、ここまでに挙げた例だけで十分だろう。次にそれほど一般的ではない形に移ることにしよう。

二 ——「精神的なものが問われていたのに、わたしたちの注意がある人の肉体的なものに逸らされるときにはいつでも、わたしたちは笑う。」これは本書の始めの部分で措定された法則である。これを言語に適用してみよう。すると、大部分の言葉は、それを本義と捉えるかそれとも比喩と捉えるかによって、肉体的な意味を帯びることもあれば精神的な意味を帯びることもある、と言うことができるだろう。実際にどんな言葉も始めは具体的対象や物質的行動を言い表している。けれども、少しずつ言葉の意味が精神化されることで、抽象的関係や純粋観念になったのだ。したがってわたしたちの法則がここでも有効であるとしたら、次のような形をとることになるはずである。すなわち、おかしさを生み出す効果が得られるのは、ある表現が比喩として用いられているのに、それを本義として理解するそぶりをみせるときである。もしくは、

45 E. Labiche, *Le Prix Martin*, Acte II, scène X.（ラビッシュ『マルタン賞』第二幕第十景、フェルディナンド・マルタンの台詞）。

わたしたちの注意がある隠喩の物質的側面に集中するとたちまち、表現された観念はおかしさをもつようになる。

「あらゆる芸術は兄弟である」という言い回しにみられる「兄弟」という言葉は、程度の差はあれ〔芸術同士の〕深い類似性を言い表すものとして隠喩的に用いられている。そして、この言葉はあまりにもしばしば使われているので、それを聞いても、わたしたちは兄弟という親族関係に内含されている具体的で物質的な関係をもはや考えないほどである。もし「あらゆる芸術は従兄弟である」と言われたのなら、「従兄弟」という言葉が比喩的に用いられることはずっと少ないので、わたしたちがそこ〔従兄弟〕に内含されている具体的で物質的な関係を考えることははるかに多くなるだろう。しかもこの場合、この言葉はほんのりとしたおかしさのニュアンスも帯びることだろう。では次に限界ぎりぎりまで進んでもらいたい。つまり、ある親族関係が、それによって結合されるはずの二つの語の文法上の性別と相容れなくなっているために、わたしたちの注意がいやでもイメージの物質的側面に惹きつけられてしまっていると想定してもらいたい。そのようなとき、笑いを誘う効果が生じるだろう。それはよく知られた言葉で、やはりプリュドム氏のものとされる「あらゆる芸術は姉妹である[46]」である。

「あの男は機知の後を追いかけている」とある気取った人物のことをブフレール侯の前で言った者がいる。もしブフレール侯が「あの男が機知を捕まえることはあるまい」と答えたとしたら、機知に富んだ言葉の始まりになっていただろう。とはいえ、それはただ単に始まりであるに過ぎなかっただろう。なぜなら「捕まえる」という語は「追いかける」という語とほとんど同じくらい比喩的に用いられることが多いからであるし、二人の走者がいて一方の背後を他方が追っているというイメージを物質化するようわたしたちに無理強いするほどのものではないからである。応答が申し分なく機知に富んでいると思わせるためにはどうしたらよいだろうか。そのためには、本当に競走を観戦しているとしか思えないくらいに、具体的で、臨場感のある言葉をスポーツの語彙(ごい)から借りてくる必要があるだろう。それこそブフレール侯がしていること

46　原文は Tous les arts sont sœurs.。フランス語の名詞は男性名詞と女性名詞に区分されるが、ここでは男性名詞である主語 art が女性名詞である sœur を補語とすることによって文法上の齟齬が生じることが示唆されている。同じ段落の冒頭の原文 Tous les arts sont frères. には（兄弟 frère は男性名詞であるため）この齟齬が生じない。

とである。すなわち「わたしは機知のほうに賭けるよ。[47]」

多くの場合、機知とは話し相手の観念を引き伸ばして、相手が自分の考えと反対のことを表明するようなところまでもっていく、いわば、自分の言説の罠に自分自身が捕えられるようなところまでもっていく、そうしたことに存しているとわたしたちは述べた。ここではさらに、その罠はしばしば隠喩や直喩でもあって、それがもつ物質的側面は相手にはね返ってくるものだということを付け加えておこう。『偽善者』において母親と息子のあいだでなされる次の対話を思い出してみよう。「お前、株式相場は危ない賭けよ。儲かる日があるかと思うと、その翌日には損をするものよ。――だったら、僕は一日おきにやってみるよ。[48]」さらに、同じ芝居には、次のような二人の金融事業家「ペポネとルカルドネル」の示唆に富んだ会話がみられる。

「「ペポネ」いま俺たちがしていることは果たして誠実といえるだろうか。だって、あの気の毒な株主たち、彼らのポケットから金を奪っているのだから……――「ルカルドネル」それなら、いったいどこから金を奪えばよいというのかい。[49]」

さらに、ある象徴（シンボル）や記章（エンブレム）を、それがもつ物質性の方向に発展させていき、そうしながらも、その発展させたものが以前と同じ象徴的価値を依然としてもっているそぶりをみせると、面白い効果が得られるだろう。とても愉快なヴォードヴィル劇で、モナコの役人が登場するのだが、彼は一度しか叙勲されたことがないのに、制服が勲章でいっぱいに覆われている。彼が言うには「つまり、わたしの勲章をルーレットのある番号に賭けたところ、その番号が出たので、わたしの賭けたものが三十六倍になって戻ってきたというわけです。」これは『厚かましい人たち』にみられるジボワイエの理屈とよく似た理屈ではないだろうか。［そこでは］婚礼衣装にオレンジの花をたくさんつけている四十歳の花嫁が話題になっているところに「彼女ならオレンジの実をつけていてもかまわないですね」とジボワイエは言うのである[50]。

しかし、これまで述べてきたさまざまな法則をひとつずつ取り上げて、わたしたち

47　L. Philbert, *Le rire: essai littéraire, moral et psychologique*, Germer-Baillère et Cie, 1883, p. 57.（フィルベール『笑い』からの孫引きと思われる。なお、ブフレール侯はロレーヌ地方ナンシー出身の詩人。またセネガルの司政官にして軍人であり、コント作家としても活躍した）。

48　Th. Barrière/E. Capendu, *Les faux bonshommes*, Acte II, scène VII.（バリエール／カパンデュ『偽善者』第二幕第七景）。

49　*Ibid.*, Acte II, scène IV.（『偽善者』第二幕第四景。ただしベルクソンの引用には省略がある）。

が言語の平面と呼んだものの俎上で検証しなければならないとしたら、きりがなくなってしまうだろう。それよりも前節で挙げた三つの一般命題だけにとどめておくほうがよさそうである。わたしたちがそこで示したのは、「出来事の系列」が繰り返しであれ、ひっくり返しであれ、はたまた相互交渉であれ、それによっておかしさをもったものになりうるということである。言葉の系列についても事情は同じであることをこれからみていくことにしよう。

　出来事の連なる系列を取り出し、それを新しい調子や新しい環境のなかで繰り返したり、それにひとつの意味を残しておいた上で順序を入れ替えたり、その意味作用が相互に交渉し合うように混ぜ合わせたりすると、先に述べたように、おかしさをもったものになる。なぜなら、生を機械的に取り扱うよう促すきっかけが、生そのものから得られるからだ。ところで、思考もまた、生きている何ものかである。そして言語は、思考を言い表すものなので、思考と同じように生きているものでなければならないだろう。だから、ある言い回しがおかしさをもったものになるのは、それが逆さになってもなお意味が通じる場合や、それがまったく無関係な二つの観念体系を分け隔てなく表現する場合や、はたまたひとつの観念をそれ自身のものではない調子に移すことによってそれが獲得された場合であるだろうと推察される。実際にこのようなものこそ、命題におかしさをもたらす変形とでも呼びうるものの三つの基本法則である。これをいくつかの例に基づいて示していくことにしよう。

まず言っておきたいのは、これら三つの法則が、おかしさの理論という点で、その重要性を等しくするものではまったくない、ということである。ひっくり返しはなかでも最も考慮を必要としない手法である。しかし、それだけに適用しやすいものに違いない。というのも、得てして、機知をめぐらすことの専門家は、ある言い回しが発せられるのを聞くとすぐに、その上下を逆さまに、たとえば、主語を目的語のところに、目的語を主語のところに置いたりして、それでも意味が通じるかどうかを探ろうとするものであるからだ。多少なりとも冗談めいた言葉を使ってある観念に反駁するために、こうした手段が用いられることは珍しくない。ラビッシュのある喜劇で、登

50　E. Augier, "Les Effrontés", Acte IV, scène IX, in *Théâtre comlet*, *t. IV*, Paris, Calmann-Lèvy Éditeurs, 1890, p. 418.（オージエ『厚かましい人たち』第四幕第九景。ただし精確には「［将軍］三十五歳でオレンジの花だなんて――［ジボワイエ］彼女はオレンジの実をつけていたってところですね」である）。

場人物の一人［トレビュシャール］が自分のバルコニーを汚されて、階上の賃借人［ピクワゾー］に声を張り上げて言う。「どうしてうちのテラスにパイプの吸殻を投げ捨てるのですか。」これに階上の賃借人の声が応えて言う。「どうしてパイプの下にお宅のテラスを出しておくのですか。」[51]しかし、この種の機知については力説するに及ばない。この種の例であれば難なくいくらでも挙げられるからである。

同じ文句のなかにある二つの観念体系の相互交渉は、愉快な効果の汲めども尽きぬ源泉のひとつである。ここで相互交渉を手に入れる手段、つまり相互に重なり合う二つの意味作用を同じ言い回しに与える手段はたくさんある。そうした手段のなかで最も評価に値しないのは駄洒落［語呂合わせ］である。駄洒落では、たしかに同じ言い回しがお互いに無関係な二つの意味を表しているようにみえるが、それは外見だけで、実際には、異なった言葉によって構成されている二つの異なった言い回しがあり、この二つの言い回しが耳には同じ音に聞こえるのをうまく利用して、両者を混同するようなそぶりをみせるのである。ところがこの駄洒落からそれと気づかないほどさまざまな段階を経ていくと、本当の言葉遊び［洒落］へ移行することになる。そこでは、二つの観念体系がまったく同じ言い回しのなかで実際に重なり合っており、用いられている単語も同じだ。つまりそこでは、ひとつの語がとりうる意味の多様性を、とりわけそれが本義的な意味から比喩的な意味へ移る際に、うまく利用しているだけなのである。だから一方の、言葉遊びと、他方の、詩的隠喩や教訓的直喩とのあいだに、微妙な差異しか見出されない、ということもしばしば起こってくる。教訓を伝える直喩と心を打つイメージ〔隠喩〕とからは、言語と自然が生の二つの平行的な形として考察されていて、この両者が奥深いところで一致していることが明示されているようにみえるのだが、それに対して、言葉遊びからは、むしろ言語の節操のなさを思い知らされる。節操のなさというのは、自らの本当の目的を一時的に忘れてしまったため、自らを事物に合わせようとするのではなく、事物を自らに合わせようとする態度を指す。だから言葉遊びは言語の瞬間的な*緊張の緩み*をあからさまにするのであり、まさにそのことによって面白いのである。

　*ひっくり返し*と相互交渉は、要するに、精神の遊びにほかならず、それが言葉遊び

51　E. Labiche, *Les Suites d'un premier lit*, scène VIII.（ラビッシュ『先妻の因果』第八景。ただしトレビュシャールの台詞は、精確には「うちのテラスにパイプの吸殻を投げ捨てるのはいい加減におしまいにしたらどうですか。」である）。

に行き着いたものなのだ。それよりも深いのが、移調のおかしさである。移調と日常言語の関係は、実際、繰り返しと喜劇の関係と同じようなものである。

繰り返しが古典喜劇で好んで用いられる手法であることは先に述べた。この場合の繰り返しとは、ひとつの場面が再現される際、登場人物は変えないまま新しい外的事情のもとに置いたり、登場人物を変えながらも同一の情況のもとに置いたりする、というように出来事を配置するものである。たとえば、主人たちによってすでに演じられた場面を、もっと品のない言葉遣いで召使いたちに繰り返させるのが、これに当たる。今度はもろもろの観念がそれらに相応しい文体で表現され、そうしてそれらが本来の環境にはめこまれていると想定してもらいたい。それらの観念のあいだにある関係をそのままにしておきながらも、それらを新しい環境に移し換えることのできるような装置を思い浮かべてみれば、言い換えると、それらの観念がまったく別の文体で表現され、まったく別の調子に移されるように仕向けるとすれば、そのとき、おかしさを提供してくれるのは言語であって、おかしさをもったものになるのは言語なのである。だからといって、移調された表現と本来の表現という、同じ観念に関する二つの表現を実際に呈示する必要など少しもないだろう。本来の表現は実際、本能的に見出されるものであるから、わたしたちはそれを知っている。したがっておかしさを発案する努力がめざすことになるのは、もう一方のほう［移調された表現］であり、それだけをめざすことになる。移調された表現を目の当たりにするとすぐに、わたしたちは、おのずから、本来の表現をつけ足すのだ。そこから次の一般規則が出てくる。すなわち、**ある観念の本来の表現を別の調子に移調すればおかしさをもった効果が得られることになる**。

移調の手段はとても数が多くて変化に富んでいるし、言語はとても豊かな連続的調子を示す。そうなると、おかしさは、平凡きわまりないおどけからユーモアやアイロニーの最高の形まで、とても多くの段階を経ることができるので、そのすべてを数え上げることはやめておこう。規則は措定してあるのだから、それを適用した主要な適用事例をいくつか検証するだけで十分だろう。

まず荘厳さと平俗さという、両極端な二つの調子を区別することができるだろう。この一方を他方に移調するだけでこの上なく大きな効果が得られるだろう。おかしさを生む空想力の相反する二つの方向が出てくるのはそこからなのである。

平俗さに荘厳さを移調するとどうなるだろうか。それはパロディになる。そしてこのように定義されると、パロディの効果は、平俗な用語で表現された観念が、ただ習慣によるだけに過ぎないにせよ、当然それとは異なる［荘厳な］調子を採り入れるべき観念にとり込まれている事例にまで及ぶことになるだろう。例として、ジャン＝パウル・リヒターに引用されている、あの夜明けの描写を挙げておこう。「空の色は黒から赤へ移り始めた。茹で上がっていくオマール海老みたいだ。[52]」古代の事物をいまの時代に使われている用語で表現すると、これと同じ効果が得られることに気づくだろう。古典古代は詩的威光に包まれているからである。

何人かの哲学者たち、とりわけアレクサンダー・ベインに、おかしさ一般を低劣化と定義する考えを示唆したのが、このパロディのおかしさであることは疑問の余地がない。笑いを誘うものが生まれるのは「かつて敬意をもたれていたものが凡庸で下卑たものとしてわたしたちの前に示されるとき[53]」であるらしい。けれども、わたしたちの分析が正しければ、低劣化は移調の形式のうちのひとつに過ぎないし、移調それ自身も笑いを得る手段のうちのひとつであるに過ぎない。そうした形式や手段は他にもたくさんあるのであって、笑いの源泉はもっと高いところに求められるはずだ。とはいうものの、それほど遠くまで進まなくても、荘厳さを陳腐さに、より良いものをよ

り悪いものに移調することにおかしさがあるのなら、それとは逆方向の移調はより
いっそうおかしさをもったものとなりうる、ということを理解するのは容易である。
この逆方向の移調は従前のものと同じくらい頻繁に見出される。そしてその移調が
対象の大きさに関わるのか、それともその価値に関わるのかによって、二つの主要な
形を区別できるように思われる。
小さなことをあたかも大きなことであるかのように話すこと、これは、一般的にみて、誇張することである。誇張は、それが引き伸ばされたり、とりわけ体系的であったりするときにおかしさをもったものとなる。つまりそうしたとき、実際に、誇張は移調のひとつの手法として現れるのだ。誇張はあまりにもよく笑わせるので、おかし

52　ジャン・パウル『美学入門：ならびに当代の両党派に関するライプツィッヒでの二、三の講演』第二部第九プログラム「機知について」第四十四節「比喩的でない機知」（古見日嘉訳、白水社、一九六五年、一九七頁）。出典は十七世紀イギリスの詩人バトラーの諷刺物語詩 Hudibras 第二編第二歌で、原文は以下の通り。And, like a lobster boil'd, the morn/From black to red began to turn,/

53　A. Bain, *The emotions and the will*, D. Appeleton & co., 1876 (third edition), The emotions, chap. XIV The Æsthetic emotions, 39. The Ludicrous as dependent on Degradation. Theory of Hobbes, p. 258.（ベインはスコットランド・アバディーン出身の哲学者。学術誌 Mind の創刊者としても知られる）。

さを低劣化で定義した著述家がいるのと同じように、おかしさを誇張で定義できるとした著述家もいるほどである。実際のところ、誇張は低劣化と同じように、ある種のおかしさにみられるあるひとつの形に過ぎない。ただし、それは非常に強い印象を与える形である。誇張は英雄喜劇的な詩を生んだのであり、それはたしかにいくぶん使い古されたジャンルであるが、誇張という方法を使いたがる傾向のある人には総じて、その名残が認められる。自惚れ屋がわたしたちを笑わせるのはその英雄喜劇的な側面によってである、としばしば言われてきたのもまったく理由がないわけではないのだ。

もはや事物の大きさにではなく、事物の価値に適用される下から上への移調は、これよりずっと技巧的でありながらも、ずっと洗練されている。不誠実な考えを誠実に表明すること、胡散臭い地位や下劣な職業や下卑た振る舞いを取り上げて、それらを厳密なリスペクタビリティ（*respectability*）をもった用語で描写すること、こうしたことには一般におかしさがある。わたしたちはいま英単語を用いた。なぜなら、事柄それ自身がまさに英国的であるからだ。ディケンズにおいても、サッカレーにおいても、英文学一般に、そうした例は数えきれないほど見出されるだろう。[54] せっかくだから注意を促しておく。それは、この場合、文章を長くすれば効果が強まるわけではない、ということである。時としてたった一言でも、その言葉がある環境で受け入れられている移調体系の全体をわたしたちに垣間見せさえしてくれたら、その言葉が不道徳なものの道徳的組織化といったものをわたしたちに明示してさえくれたら、それだけで十分なのだ。ゴーゴリの戯曲のひとつで、ある高官が部下の一人をたしなめる言葉が思い出される。「お前の職階くらいの役人にしては盗み過ぎだぞ。[55]」

これまでの叙述を要約して言っておくと、まず両極端な二つの比較項、極大のものと極小のもの、最善のものと最悪のものがあって、そのあいだで移調は一方から他方へ行われても、その逆方向へ行われてもよい。ここで、この間隔をだんだん狭めていくと、両項は露骨なコントラストをだんだん失っていき、おかしさを生む移調の効果

54　たとえば、ディケンズ『荒涼館』全四巻（青木雄造・小池滋訳、ちくま文庫、一九八九年）、サッカレー『虚栄の市』全四巻（中島賢二訳、岩波文庫、二〇〇三－二〇〇四年）などを参照されたい。

55　ゴーゴリ『検察官』第一幕（米川正夫訳、岩波文庫、一九六一年［改版］、三五頁）。ちなみに高官は市長、部下は警察の巡査である。

はだんだん微細なものになっていくだろう。

　こうした対立のうちで最も一般的なものを挙げるなら、おそらく現実的なものと理想的なものとの対立、あるがままのものとあるべきとされるものとの対立ということになるだろう。この場合もやはり、移調は相反する二つの方向においてなされるとみてよい。あるべきとされるものなのに、それがまさしくあるがままのものと信じるふりをして言明されることもあるだろう。ここに成立するのがアイロニーである。それとは逆に、あるがままのものを微に入り細を穿って描写して、事物のあるべき姿がそこにこそあると信ずるそぶりをみせることもあるだろう。こうして生じてくることが多いのがユーモアである。ユーモアは、このように定義されるなら、アイロニーの反対ということになる。両者はともに諷刺の形式であるものの、アイロニーには弁論的性質が備わっているのに対して、ユーモアにはどこかより科学的なところがある。アイロニーが強調されるのは、あるべきとされる善の観念を通じてだんだん高みへ引き上げられていくことによってである。アイロニーが内部に熱を帯びていき、いわば圧力のかかった雄弁にまでなることがあるのは、そういうわけだ。それとは反対に、ユーモアが強調されるのは、あるがままの悪の内部にだんだん降下していくことによってである。それによって悪の特性をこれまで以上に冷たく無関心な態度で印象づけられるようになる。何人かの著述家たち、なかでもジャン＝パウルは、ユーモアが具体的用語、技術的細部、正確な事実に愛着を抱く、と指摘している。[56]もしわたしたちの分析が正しければ、そこにあるのはユーモアの偶有的な特徴ではない。そうではなく、ユーモアが見出されるところにあるのは、ユーモアの本質そのものである。ユーモア作家はここでは科学者に変装したモラリストであり、わたしたちに嫌悪感を与えるためだけに解剖を行う解剖学者のような何者かである。そしてユーモアとは、わたしたちがこの言葉を取り上げている狭い意味においては、まさに道徳的なものから科学的なものへの移調なのである。

移調される項と項のあいだにある間隔をどんどん狭めていくと、今度はおかしさを生む移調体系がだんだん特殊化していくのをみることになるだろう。たとえば、職業によっては専門的な語彙をもつものがある。そうした職業的な言語に日常生活の観念

56　ジャン・パウル『美学入門』第一部第七プログラム「ユーモア文学について」第三十五節「ユーモアの感性」（一五四－一六〇頁）。

を移調することで、どれほどたくさんの笑いを誘う効果が得られてきたことだろうか。商取引で使用する語法を社交関係に拡張すると、同じようにおかしさをもったものになる。たとえば、ラビッシュの作品に出てくる人物が自分の受け取った招待状を念頭に置いた「先月三日付の親簡」という台詞があるのだが、これは「今月三日付の貴簡」という商取引の定型書式を移調したものである。[57] しかもこの種のおかしさは、それがもはや職業上の習慣だけにとどまらず、性格上の欠陥もまた暴露するようなとき、特別な深みに達することができる。そこでは結婚が商取引のひとつとして取り扱われ、感情にまつわる問いが厳密に商業的な用語で措定されているのである。『偽善者』と『ブノワトン一家』の諸場面[58]を思い起こしてみよう。

まさにわたしたちはここで、言語の特殊性が性格の特殊性を翻訳するに過ぎない点に触れているのだ。とはいえこの点に関するもっと深い考察は次章のために残しておかなければならない。また、予期しておくべきことであったし、これまでの議論を通じてみてとることもできたように、言葉のおかしさは情況のおかしさのすぐ後に付き従っているのであって、この後者と同じ種類のおかしさそれ自身とともに性格のおかしさのなかに没入しにくるのである。言語が笑いを誘う効果に達するのは、それができるかぎり正確に人間精神のもろもろの形を手本にして作られた人間の作品であるから以外にない。わたしたちは言語のうちにわたしたちの生を生きる何ものかを感じている。そして、もし言語のもつこの生が完全無欠であるとすれば、もしその生のうちに凝固してしまったものが少しもないとすれば、要するに、もし言語がすっかり統一された有機体であって、個々に独立した有機体に分裂できるものでないとすれば、それはおかしさを帯びることなどないだろう。ちょうど、しんと静まり返った水面みたいに、生がひとつになり、調和して溶け合っていれば、そうした生をもった心がおかしさを帯びることがないのと同じように。けれども、枯葉が浮かんでいない池はない。

57　E. Labiche/Marc-Michel, *La Perle de la Canebière*, comédie en un acte, mêlée de chants, scène IX et scène XV.（ラビッシュ／マルク＝ミシェル『麻畑の真珠』第九景と第十五景。ただし精確には、前者は「先月の親簡」votre amicale du mois dernier、後者は「先月三十日付の彼の親簡」son amicale du 30 de l'écouléであり、ベルクソンの引用の文言「先月三日付の親簡」votre amicale du 3 de l'écouléとはいずれも異なっている）。

58　Th. Barrière/E. Capendu, *Les faux bonshommes*, Acte III, scène XIII. V. Sardou, *La Famille Benoiton*, Acte II, scène III.（バリエール／カパンデュ『偽善者』第三幕第十三景。サルドゥー『ブノワトン一家』第二幕第三景）。

それと同じように、習慣が染みついていない人間の心はない。習慣は人間の心を他者の心に対して硬化させることで、自分自身に対しても硬化させるのである。また同じように、すっかり出来上がっているものを排除するまで、ひっくり返しや移調などの機械的操作に耐えるほどまで十分しなやかで、生き生きとしていて、ひとつひとつの部分も隈なく現れているような言語はない。そうした操作を言語に向けて行おうとするのは、言語を単なる事物と同じ扱いにするものといえよう。硬直したもの、すっかり出来上がっているもの、機械的なものが、しなやかなもの、絶え間なく変化するもの、生きているものに対置され、緊張の緩みが注意深さに対置されること、要するに自動作用が自由な活動に対置されること、これこそ、ほかでもない、笑いが強調していることであり、修正しようとしていることなのである。おかしさの分析に取りかかったとき、わたしたちはこの観念がわたしたちの出発点を明らかにしてくれることを求めていた。わたしたちは、辿っていく道筋が決定的な曲がり角を迎えるたびに必ずこの観念が煌めいているのを見てきた。わたしたちは次章で、もっと重要な、そして叶うことなら、もっと有益な探究に取り組もうとしているのだが、それはこの観念を通じてのことである。実際、わたしたちがやろうとしているのは、おかしさの性格を研究すること、というよりもむしろ性格喜劇の本質的条件を規定することだ。ただしその際、この研究がわたしたちにとって芸術の正真正銘の本性を、そしてまた芸術と生の一般的関係を理解するよすがとなるよう心掛けたい。

第三章　性格のおかしさ

一

わたしたちはおかしさに付き従ってその曲がりくねった行程を辿り、おかしさがどのようにしてひとつの形、ひとつの態度、ひとつの身振り、ひとつの情況、ひとつの行動、ひとつの言葉のなかに浸み込むのかを探求してきた。おかしさをもたらすもろもろの性格を分析することで、いまやわたしたちは自らの課題の最も重要な部分に辿り着くことになった。とはいうものの、わたしたちが目につきやすい例、したがって雑駁ないくつかの例に基づいて、笑いを誘うものを定義するという誘惑に屈してしまっていたら、それはわたしたちの課題のうちで最も困難な部分になっていたかもしれない。どういうことかというと、わたしたちは、おかしさが最もはっきり現れる局面へと階段を昇っていくのだが、それにつれて、定義は事実を逃すまいとしているのに、事実は定義のあまりにもゆったりつくられた網の目のあいだをすり抜けていくのを見るはめになっていただろう、ということだ。けれども、わたしたちは実際にはそれと反対の方法に従ってきた。つまり、高いところから低いところへ向けて、わたしたちは光を当ててきたのである。笑いが社会的な意味作用と社会的な影響力をもっているということ、おかしさが何よりも社会に対する当該人物のある特定の不適応を表しているということ、要するに、人間にしかおかしさはないということ、これを確信していたので、わたしたちがまず狙った先は人間であり、性格だったのだ。そうなると、困難はほかでもない、わたしたちがどのようにして性格以外のものを笑うということが起きるのか、そしてどのような浸透、組み合わせ、混合といった微妙な現象によって、おかしさが単なる動作、非人称的な情況、独立した言い回しのなかに忍び込むことができるのかを説明することであった。わたしたちがここまで行ってきた仕事はそうしたものである。わたしたちは純粋金属を手にしていた。だからわたしたちの努力はそのもととなった鉱石を復元することだけをめざしていたのである。しかし、わたしたちがこれから研究しようとしているのは金属それ自身である。これより簡単なことはあるまい。というのも、今度は単純な要素を相手とするからである。この要素を詳しく観察して、この要素がそれ以外のすべてのものにどのように反応するかを見ることにしよう。

すでに言っておいたように、それとわかるとたちまちのうちに感動で揺さぶられる心の状態が、共感を抱く喜びや悲しみが、それを凝視する者に苦痛に満ちた驚きや恐れや憐みを誘発する情念や悪徳が、要するに、感情の共鳴を通じて心から心へ伸び広がっていく感情がある。そうしたものはどれも生の本質的なものに関わりをもっている。そうしたものはどれも嘘偽りのないものであり、ときには悲劇的なものであることさえある。他人の人柄がわたしたちを感動で揺さぶらなくなるとき、そうした場合にしか喜劇は始まらない。しかも喜劇は社会生活に逆らう硬直した態度と呼びうるようなものをもって始まるのだ。おかしさは、他人と接触することを心がけずに、自分の道を自動的に辿っていく人物にみられる。笑いは、この人物の緊張の緩みを修正するために、この人物を夢想状態から引っ張り出すために、そこに存在するのである。もし小さなことを大げさに言うのが許されるなら、グランド・ゼコールへ入学する際に行われることをここで思い起こしておきたい。そこでは、志願者が入試の恐るべき試練を乗り越えても、まだ他の試練に立ち向かうことが残されている。それは先輩の学友たちが用意している試練であり、これから入っていく新しい社会に新入生を馴染ませるための、そして先輩の言い分によれば、新入生の性格を揉みほぐすためのものである。小さな社会が大きな社会の只中に形成されると、いまみたように、どこかしら本能のようなものを通じて、よそで身につけてきたものの今後は変更していかなければならない習慣の硬直性(こわばり)を修正したり揉みほぐしたりする方式を発案する傾向がある。本来の意味での社会もこれと違った仕方で事を行うわけではない。社会の成員一人一人は自分を取り巻くものに注意を怠らず、周囲に合わせて自分を成型していく必要があるのであって、要するに、象牙の塔のなかに閉じこもるように自分の性格のなかに閉じこもることを避ける必要があるのだ。社会が各人に修正するよう脅しをかけないまでも、少なくとも、屈辱を与える気配を漂わせるというのも、それと同じ理由による。屈辱は、軽微なものであっても、やはり耐え難いのである。笑いの機能とはそのようなものに違いない。笑いは、その対象となっている者にとっては常に少し屈辱的なところがあり、一種の社会的な新入りいじめといってよい。

そこからおかしさの両義的な性格が出てくる。おかしさはまるごと芸術に属するわけでもなければ、まるごと生活に属するわけでもない。一方で、現実の生活を送っている人たちがわたしたちを笑わせるには、わたしたちが観客席から見下ろして見世物を眺めるときと同じように、その人たちの一挙一動を眺めることができなければならないだろう。彼らがわたしたちの目におかしさをもったものとして映るのは、わたしたちに喜劇を演じてくれるからにほかならない。だが他方で、劇場においてさえも、笑うことの快楽は純粋な快楽ではない。わたしが言いたいのは、それが美的なものだけを求める、私利私欲のまったくない快楽ではないということだ。そこにはある底意が混じっているのであって、わたしたち自身はそれを持っていなくても、社会はわたしたちに対してそれを持っているのだ。そこには屈辱を与えようというそこはかとない意図が絡んでおり、そのことを通じて、たしかに、うわべだけでもいいから修正させようという意図が絡んでいる。そういうわけで喜劇はドラマよりも現実の生活にずっと近い。ドラマが偉大なものであればあるほど、詩人が現実から悲劇的なものを純粋な状態で引き出すために現実に対して行使しなければならなかった精練にも奥深さがみられるのである。それとは反対に、喜劇が現実とまるきり異なる姿をみせるのは、ただその低級な形式においてのみ、ヴォードヴィルや笑劇(ファルス)においてのみである。高級なものになればなるほど、喜劇は日常と区別がつかなくなる傾向にあるのであって、現実の生活の場面には、高級喜劇にあまりにも近いために、台詞を一言も変えることなくそのまま演劇に流用できるようなものもある。

だから、おかしさを生む性格の要素は演劇においても日常においても同じということになる。そうした要素とは何だろうか。わたしたちは難なくそれを引き出すことができるだろう。

しばしば言われてきたことだが、自分の同類がもつ軽微な欠点はわたしたちを笑わせる欠点である。[1] わたしもこの意見にかなりの真実があることは認めるものの、それでもそれがまったく正しいとは思えない。まず、欠点に関しては、軽微なものと重大なものとのあいだを線引きすることが容易でない。おそらく、欠点が軽微であるからわたしたちを笑わせるのではなく、わたしたちを笑わせるからその欠点が軽微なものとみなされるのではないだろうか。笑いほど人の心を和らげるものはないのだ。しか

1　アリストテレス「詩学」第五章「喜劇について」、キケロー『弁論家について（下）』第二巻（五九－六〇頁）などを参照されたい。

しもっと先に進んで、それが重大なものであると知りながらもわたしたちが笑う欠点もある、と主張することができる。たとえばアルパゴンの吝嗇がそうだ。そして最後に、思い切って言っておかねばならないことがある――それは言うのが少し憚られることなのだが――わたしたちがただ単に自分の同類がもつ欠点だけでなく、ときには、その美点をも笑うことがある、ということだ[2]。わたしたちはアルセストを笑う。このとき、おかしさがあるのはアルセストの誠実さではなく、誠実さゆえにアルセストがとる特殊な形なのであって、要するに、わたしたちには誠実さを損なっているようにみえるある悪い癖なのだ、と言う人もいるだろう。わたしもそれにまったく異論はない。だがそうはいっても、わたしたちが笑うアルセストのあの悪い癖によって、彼の誠実さが笑いを誘うものになっていることに変わりはないし、そこに重要な点があるのだ。したがって最後に結論として言っておきたいのは、言葉の道徳的な意味において、おかしさが常に欠点の指標となるわけではないということ、そして、もしおかしさに欠点を、それも軽微な欠点をどうしてもみてとりたいのであれば、そうしたときに軽微なものと重大なものを区別する明確な記号がどんなものなのかを示さなければならないだろうということである。

実を言えば、おかしさをもった人物が、ぎりぎりのところで、厳格な道徳の規定に踏みとどまっていることもある。この人物にとって気がかりなのは、社会の規定に従っているかどうかということだけだ。アルセストの性格は非の打ちどころのない紳士的なものである。けれども彼は非社会的であり、そこにこそおかしさがあるのだ。社会悪徳に柔軟性があれば融通の利かない美徳よりも笑いをもたらしにくいだろう。社会から怪しまれるのは硬直性なのだ。だからアルセストの硬直性は、たとえその硬直性が誠実さであるとしても、わたしたちを笑わせるのである。自らを孤立させる者は誰でも笑いものになる恐れがある。なぜなら、おかしさは、その大部分が、この孤立そのものから生じているからだ。おかしさがたいていの場合、社会にみられる習俗や観念に関係がある――歯に衣着せずに言えば、偏見に関係があるということが、こうして説明されることになる。

しかしながら、人類の名誉にかけて、社会的理想と道徳的理想が本質的に異なるも

2　こうした論点の嚆矢として、ルソー『演劇について――ダランベールへの手紙――』（七五－九一頁）が挙げられる。

のではないということを、しっかり認識しておかなければならない。したがって、一般規則として、わたしたちを笑わせるのはまさしく他人の欠点である、ということを認めることができる——もっとも、ほかでもない、そうした欠点がわたしたちを笑わせるのは、そこにみられる非道徳性よりはむしろ非社会性のためである、ということをぜひとも付け加えておくべきだ。そうなると、残るのは、おかしさを生み出すことのできる欠点とはどのようなものなのかを、そしてその欠点が深刻すぎてとても笑う気になれないとわたしたちが判断するのはどのような事例なのかを知ることだけになる。

　けれどもこの問いに対して、わたしたちはすでに暗黙の裡（うち）に答えている。わたしたちは、おかしさとは純粋知性に訴えるものだ、と述べておいた。つまり、笑いは感動と相容れるものではない、ということだ。どんなものでもよいから、軽微な欠点をひとつ描いてわたしにみせてもらいたい。それをわたしの共感や、心配や、憐憫の念をかき立てるように提示するとしたら、もうおしまいで、わたしはもはやそれを笑うことができない。これとは反対に、根深いばかりか、一般的には、憎むべきである悪徳を選んでもらいたい。この場合、適切な技巧によって、悪徳がわたしの感情を乱さずにいることに当初から成功するとしたら、その悪徳をおかしさのあるものにすることができるだろう。だからといって、わたしは悪徳がおかしさのあるものになるだろうと言っているのではない。そうではなく、そうなると、悪徳がときにはおかしさのあるものになることもあると言っているのである。悪徳がわたしの心を動かすことがあってはならない。これが、十分な条件ではないまでも、唯一の実際に必要な条件である。

しかし喜劇詩人は、わたしが心を動かされないようにするために、どのように事を進めるのだろうか。この問いは厄介である。この問いにはっきりとした答えを出すためには、これまでにない研究領域に踏み込み、わたしたちが演劇に持ち込む人為的な共感を分析する必要があるだろうし、わたしたちが想像上の喜びや苦しみを分かち合うことをどのような場合に受け入れ、どのような場合に拒むのかをはっきりさせる必要があるだろう。[3]［たとえば］催眠術をかけられた人におけるのと同じように、わたしたちの感受性にそっと揺さぶりをかけ、いろいろな夢を用意してくれる技法がある。

3　ルソー『演劇について――ダランベールへの手紙――』（四四－五七頁）を参照されたい。

また、わたしたちが共感に身を任せようとするまさにその瞬間にそれを思いとどまらせる技法もある。これによって、情況が、たとえ深刻なものであっても、深刻に受け取られないようになるわけだ。〔次の〕二つの手法が後者の技法を支配しているようにみえ、それを喜劇詩人は程度の差はあれ無意識的に適用しているのである。第一の手法は、人物の心の只中で、この人物に付与されている感情を孤立させること、そしてその感情をいわば寄生状態にありながらも独立した存在であり続けるようにすることに存している。一般に、強度をもった感情は、他のすべての心の状態を次第に手中に収めていき、それを自分固有の色合いで染め上げるものだ。このとき、そのだんだん浸透していく様子を目の当たりにさせられると、わたしたち自身もしまいにはそれに呼応した情動に少しずつ浸透されていくことになる。別のイメージを借りれば、情動が劇的になって意思の伝わりやすいものになるのは、あらゆる倍音が基音とともにそこに与えられるときである、と言うことができるだろう。俳優が全身全霊をかけて打ち震えるからこそ、観客のほうも打ち震えることができるというわけだ。これとは反対に、わたしたちの関心を惹くことがないままであるのにおかしさをもったものになるような情動には、硬直性がある。この硬直性のせいで、情動は心に座を占めていながらも、心のそれ以外の部分と関係を結ぶことができないのだ。この硬直性は、ふとしたはずみに、操り人形のような動きをみせてはっきり姿を現すこともあるだろうし、そうなると笑いを引き起こすこともあるだろう。けれども、すでにそれ以前に、この硬直性はわたしたちの共感を妨げていたのだ。そもそも、心が心自身と同調していないのに、「わたしたちが」そのような心と同調するにはどうすればよいというのか。『守銭奴』のなかにドラマと紙一重になっている場面がある。それは、それまで会うことのなかったお金の借り手と高利貸しが顔を合わせたところ、息子と父親であることがわかる、という場面だ。もし、吝嗇と父親としての感情とがアルパゴンの心のなかで葛藤を続けながら、多少なりとも独自の仕方で折り合いをつけていくようにもっていけば、わたしたちはそこでドラマのなかに本当に引き込まれることになるかもしれない。だがそのようなことはまったくない。対面が終わるとすぐに、父親は何もかも忘れてしまうのである。息子に再び会っても、アルパゴンはあれほど厳粛だった場面のことにほとんど触れようともしないのだ。「さてあなた、わたしの息子の番ですね、さきほどの話は大目に見てあげましょう、云々。[4]」ということは、吝嗇はそれ以外のものに触れることもなく、触れられることもなく、何も気にとめることなしに、その脇を通り過ぎたというわけだ。吝嗇は心のなかに居座っても何も変わるところがなく、一家の支配者となっても何も変わるところがない。吝嗇は相変わらずよそ者のままなのである。悲劇の性質をもった吝嗇であれば、これとはまったく別のものになるだろう。わたしたちは吝嗇が人間のもつさまざまな力能を変形させながら自分に引き寄せ、吸収し、同化するのをみるだろう。感情と情動、欲望と反感、悪徳と美徳、これらはどれも、吝嗇が新しい種類の生を伝える材料となるだろう。高級喜劇とドラマの第一の本質的な相違は、思うに、こうしたところにある。

この第一の相違よりもっと明白な、しかも第一の相違から派生する第二の相違がある。ドラマの作品はある心の状態を痛ましいものにしようとしたり、あるいはただ単に真剣なものと受け取らせようとしたりして描き出すとき、わたしたちはその状態をそれに見合った行動のほうへと少しずつ向けさせられていく。こうして、守銭奴は金儲けのためにすべての策略を練ることになるのであり、エセ信者は天上の世界しか見つめていないふりをしつつ、できるかぎり巧妙に地上の世界で立ち回ることになるのである。喜劇がこの種の策略を排除するものでないことはたしかだ。その証拠としては、タルチュフの謀略を挙げておけばよい。もっとも、ここにみられるのは喜劇がドラマと共通して持っているものである。そして喜劇は、自らをドラマと区別するために、登場人物の真剣な行動をわたしたちが真剣に受け取らないようにするために、要するにわたしたちに笑う準備をさせるために、ひとつの手段を用いるのである。わたしはそれを次のように定式化しておく。すなわち、わたしたちの注意を行為に集中するのではなく、喜劇はそれをむしろ身振りに向ける。わたしがここで身振りというのは、態度、体の動き、さらには台詞回しのことであるが、そうしたものを通じて、ある心の状態は、目的もなく、利益もなく、ただ単に一種の内的なむず痒さとなって発現するのだ。身振りがこのように定義されると、行動とは根底的に異なったものとなる。行動は意欲されたもの、いずれにせよ意識的なものである。これに対して、身振りは、それと気づかずにするものであり、自動的なものである。行動においては、ほかならぬその人の全体が目の当たりにされる。これに対して、身振りにおいては、その人の孤立した一部分が、知らぬ間に、あるいは少なくともその人の全人格から離れ

4 モリエール『守銭奴』第三幕第四景(七四頁)。なお、ここに至る経緯については第二幕第二景および同第三景(五一－五四頁)を参照されたい。

て表現される。要するに(そしてこれがここでは本質的な点なのだが)、行動は、行動をかり立てる感情と正確に比例している。つまり、一方から他方への漸進的な移行というものがあって、その結果としてわたしたちの共感や嫌悪は感情から行為へと進む線に沿ってひたすら滑っていき、徐々に関心を高めていくことができる、ということだ。けれども、身振りにはどこか爆発的なところがあって、それがいまにも眠り込まされようとしていたわたしたちの感受性を目覚めさせるのであり、またそうして我に返らせることで、わたしたちが物事を真剣に受け取らないようにするのである。だから、わたしたちの注意が行為に向けられるのではなく、身振りに向けられるとたちまち、わたしたちは喜劇のなかに引き込まれてしまう。タルチュフという登場人物は、彼のとる行動によって捉えるならドラマに属することになるだろう。実際、わたしたちが彼におかしさがあると思うのは、むしろ彼の身振りを考慮しているときである。「ローラン、わたしの苦行衣を鞭でしっかり結わえておいてくれ」[5]と言いながら、彼が登場する場面を思い起こしてみよう。彼はドリーヌがそれを聞いているのを知っている。とはいえ、承知していただきたいのは、仮にドリーヌがそこにいないとしても、彼は同じように命じるだろう、ということだ。彼は偽善者という自分の役柄にすっかり入り込んでしまっているため、いわば、誠実にそれを演じているのである。それによって、しかもそれだけによって、彼はおかしさのあるものになることができるのだ。もしこの体を張った誠実さがなければ、もし偽善を長いあいだ実践してきたことで自然な身振りと化してしまった態度や言葉遣いがなければ、タルチュフはただ単に憎らしい奴というだけだろう。なぜなら、わたしたちは彼の行いのなかで意図的なもののことしかもはや考えないだろうから。だとすれば、行動がドラマでは本質的なものであっても、喜劇では付随的なものである、というのももっともだ。喜劇においては、その人物を登場させるのにまったく別の情況を選ぶこともできたのではないか、とわたしたちが感じることもある。つまり、異なった情況にあっても、その人物はやはり同じ人間だっただろう、ということだ。わたしたちがドラマにおいてそうした印象を持つことはない。そこでは人物と情況がくっついてひとつになっているのである。あるいは、もっと正確に言うと、出来事が登場人物の全体を構成する不可欠な部分となっているということであって、したがって、もしドラマがそれとは別の物語をわた

5　モリエール『タルチュフ』第三幕第二景（五〇頁）。

したちに語るとしたら、役柄の名前を同じままにしておいても無駄であり、わたしたちが実際に関わっているのは別の人たちである、ということになるだろう。

まとめると、わたしたちがみてきたのは、性格が良いとか悪いとかいうことはあっても、それはあまり重要ではないということである。たとえば、もし性格が非社会的であるなら、それがおかしさを生むこともあるだろう。次にわたしたちがみていくのは、事態の重大さもこの性格の良し悪し以上に重要ではないということである。たとえば、重大であれ軽微であれ、その事態がわたしたちの心を動かすことのないように配慮しておけば、わたしたちを笑わせることができるだろう。登場人物の非社会性、観客の無感動、これが、要するに、二つの本質的条件である。さらに第三の条件があるのであって、これは先に示した二つの条件に含まれており、わたしたちの分析のすべてがここに至るまで引き出そうとめざしてきたものにほかならない。

それは自動作用である。わたしたちは本書の冒頭からこのことを示してきたし、次の点に絶えず注意を促してきた。それは、自動的に成し遂げられること以外に本質的に笑いを誘うものはない、という点である。何らかの欠点においてはもちろん、美点においてさえも、おかしさとは、当該の人物が本人も知らないうちに身を任せてしまうものであり、思わずしてしまう身振りであり、意識せずに発してしまう言葉である。緊張の緩みはすべておかしさとなる。そして緊張の緩みが深ければ深いほど、喜劇は高級なものになっていく。そのありようがドン・キホーテにみられるように何から何まで徹底したものである場合、この世で想像しうる限り最もおかしさをもったものとなる。それはおかしさの源泉に可能な限り近いところから汲み取られたおかしさそのものなのだ。誰か彼以外の喜劇の登場人物を取り上げてもらってもかまわない。自分の言っていることや自分のしていることをどんなに意識できていても、その人物におかしさがみられるとしたら、それは自分でも知らない人格的様相が、自分自身でも気づいていない側面がその人物にはあるということだ。そして、ひとえにそれによってのみ、そうした人物はわたしたちを笑わせることになるのである。心底からおかしさのある言葉は、何らかの悪徳が剝き出しにされた素朴な言葉である。もし自分自身で自分を見ることができ、自分を判断することができるのであれば、どうしてそんなふうに自分をさらけ出すことがあるだろうか。喜劇の登場人物がある行いをありふれた言い方で非難しておきながら、その直後にそうした事例を自ら示してしまうことは珍しくない。それを例証してくれる人物として、怒ってはならないと説教した後でかっとなるジュールダン氏の哲学の先生[6]や、詩の朗読者たちを嘲弄した後でポケットから詩を取り出すヴァディウス氏[7]などが挙げられる。こうした矛盾は、もしそれがいま挙げた人物たちの無自覚をわたしたちにそれとわからせるためでないとしたら、いったい何をめざすというのだろうか。自己に対する不注意、したがって他人に対する不注意、そうしたものがここにも相変わらず見出される。そして、事柄を詳しく検証してみれば、この不注意がさきほど非社会性と呼んだものとここではまったく変わらなくなっていることがわかるだろう。硬直性の原因の最たるものは、自己の周囲を、そして何より自己の内部を見つめるのをおろそかにすることである。他者をよく知り、自己自身もよく知ることから始めなければ、どうやって自分の人格を他人の人格に合わせて成型することができるというのだろうか。硬直性、自動作用、緊張の緩み、非社会性、これらすべては相互に浸透し合っているのであって、これらすべてによって性格のおかしさは生じているのだ。

まとめると、人間らしさとしての人格のなかから、わたしたちの感受性に関わりがあってうまくわたしの心を動かすものを取り除けば、そこに残ったものはおかしさのあるものになりうるだろうということであり、またそのおかしさは、そこに発現される硬直性の分量に正比例するだろうということである。わたしたちはこの観念を本書の冒頭から定式化してきた。わたしたちはこの観念の真偽をそこから出てくる主要な帰結において確認してきた。わたしたちはいまそれを喜劇の定義に適用したところである。次にしなければならないのは、この観念にこれまで以上に肉薄すること、そしてこの観念によってわたしたちが他の芸術の只中に喜劇を正確に位置づけることができるようになるのはどのようにしてなのかを示すことである。

ある意味で、どのような性格にもおかしさがあると言うことができるだろう。ただしそれは、性格という言い方がわたしたち人間のなかですっかり出来上がっているものを、組み立てが済めば自動的に作動することのできる機械仕掛けの状態でわたしたちのうちにあるものを意味するという条件においてである。それは、なんならわたしたちがそれによって自分自身を繰り返しているものと言ってもよいだろう。したがって、それはまた、他者がそれによってわたしたちを繰り返すことのできるものと言っ

6　モリエール『町人貴族』第二幕第三景（鈴木力衛訳、岩波文庫、一九五五年、二七－三〇頁）。
7　モリエール「女学者」第三幕第二景（『モリエール全集』第四巻所収、鈴木力衛訳、中央公論社、一九七三年、二九一頁）。

てもよいだろう。おかしさをもった人物というのはひとつの類型である。逆から言うと、ある類型に似ているというのは、どこかおかしなところがあるということである。わたしたちはある人と長く交際しながらも、その人のうちに笑いを誘うものを何も発見しないことがある。ところが、たまたま似たところがあるのをうまく利用して、その人にドラマや小説に出てくる主人公のよく知られた名前をあてがうと、一瞬のあいだだけでも、その人はわたしたちの目に笑いをもたらすものに近い存在として映るようになるだろう。あてがわれた小説の登場人物におかしさがないこともあるだろうが、その人物に似ていることにおかしさがあるのだ。当人が自分自身から引き離されていることにおかしさがあるのである。いわば、用意してある枠のなかにわざわざ自らを押し込むところにおかしさがあるのだ。そして何にも増しておかしさがあるのは、他の人たちが難なく自らを押し込むような枠の状態にその人自身がなることであり、自ら性格となって凝固することである。

性格を、つまり一般的な類型を描き出すこと、これこそが高級喜劇の目的ということになる。このことは何度も言われてきた。しかしわたしたちは殊更にこれを繰り返しておきたい。なぜなら、わたしたちはこの定式であれば喜劇を定義するのに十分だと考えるからである。実際、喜劇はわたしたちに一般的な類型を示すだけではない。わたしたちの考えるところでは、喜劇はあらゆる芸術のうちで一般的なものをめざす唯一のものでもあるのだ。したがって、ひとたび喜劇にこの目的を割り当ててしまうと、喜劇とは何であるかということ、そしてそれ以外のものが何でありえないかということを言ったことになる。喜劇の本質とはまさにそうしたものであるということ、そして喜劇は、悲劇や、ドラマや、それ以外の芸術の形式と対立するものであるということ、こうしたことを証明するためには、芸術をその最もレヴェルの高いものにおいて定義することから始めなければならないだろう。その上で、喜劇詩に少しずつ降りていけば、喜劇が芸術と生活の境界に置かれていること、そしてその一般性という性格を通じてそれ以外の芸術とはまるきり異なることがわかるだろう。わたしたちはそのような壮大な研究にここで身を投じることはできない。しかしながら、わたしたちが喜劇という演劇において本質的なものとみなしているものをなおざりにしてしまわないためにも、その構想を粗描しておかなければならないだろう。

芸術の目的とは何だろうか。もし実在がわたしたちの感覚（サンス）と意識に直接的に強く訴えかけてくるのであれば、もしわたしたちが事物やわたしたち自身と何の媒介もなく交流することができるのであれば、芸術は無用のものとなるだろう、あるいはむしろ、わたしたちは誰もが芸術家になるだろう、そうわたしには思われてならない。というのも、そうなると、わたしたちの心は絶え間なく自然に呼応して振動するだろうからである。わたしたちの目は、記憶の助けを借りて、模写などできない絵画を空間のなかに切り抜き、時間のなかに定着させるだろう。わたしたちの眼差しは、古代の彫像群の断片と同じくらい美しい彫像の断片が人間の身体という生きた大理石に刻まれているのを、ほんの一瞥で捉えるだろう。わたしたちは自分の心の奥底で、時に陽気な、しかしたいていは愁いに満ちた、いつも独創的な音楽のようにわたしたちの内的生の絶えることのない旋律が歌われるのを聞くだろう。そうしたものはすべて、わたしたちの周囲にあり、わたしたちのうちにある。にもかかわらず、そのどれひとつとしてわたしたちによって判明に知覚されるものはない。自然とわたしたちとのあいだには、いやそれどころか、わたしたちとわたしたち自身の意識とのあいだには、ひとつのヴェールが介在している。このヴェールは普通の人たちにとっては厚いものだが、芸術家や詩人にとっては薄くて、ほとんど透明なものである。どんな妖精がこのヴェールを織ったのだろうか。それは悪意によるものだろうか、それとも友愛によるものだろうか。わたしたちは生きていかねばならなかったのであり、生きていくためには、事物をわたしたちの必要との兼ね合いで把握することが要請されるのだ。生きることは行動することに存している。生きること、それは目の前にあるものから有用な印象だけを受け取り、それに適切な反応で答えることである。このとき、それ以外の印象は霞んでいくか、そうでなければ、ぼんやりとしかわたしたちに到達しないはずだ。わたしは眼差しを向け、見ているつもりになっている。わたしは耳を傾け、聞いているつもりになっている。わたしは自分を知ろうとし、自分の心の奥底を読んでいるつもりになっている。けれども、外的世界にわたしが見ているものやわたしが聞いているものは、ただ単に、わたしの行いに光を当てるために、わたしの感官（サンス）が外的世界から抽出したものに過ぎない。そしてわたしが自分自身について知っていることは、表面に浮かび上がっているもの、行動に関与するものである。だからわたしの感覚と意識は、実在から実用のために単純化されたものしか引き渡してくれないのだ。わたしの感覚と意識が事物やわたし自身について与えてくれるヴィジョンのなかでは、人間に無用な差異は消去され、人間に有用な類似が強調されるのであって、わたしの行いが踏み込んでいくべき道筋はあらかじめ線が引かれているのである。この道筋は人類全体がわたしよりも前に通ってきたものである。事物はわたしがそこから引き出せそうな実利に見合ったかたちで分類されたのだ。そしてこの分類のほうが、事物の色や形よりもはるかにずっと、わたしは気づきやすいのである。おそらく人間はこの点で動物がかなわないほど優れている。狼の目が子山羊と子羊を区別しているということはほとんどありそうにない。というのも、狼にとっては、この二つの獲物はまったく変わるところのない、同じように捕まえやすく、同じように食らいつくべきものだからだ。ひるがえってわたしたちはというと、山羊と羊を区別している。しかし、わたしたちは一頭一頭の山羊を、一頭一頭の羊を見分けているだろうか。事物や生物の個、別性は、それに気づくことがわたしたちにとって実際に有用でないときはいつでも、わたしたちから逃れ去る。そして、わたしたちがそれに注目するときでさえ（わたしたちが一人一人の人間を見分けるときのように）、わたしたちの目が捉えるのは個別性そのものではなく、つまり形や色がまったく独自なある調和ではなく、ただ実用的な認識を容易にしてくれるようなひとつ二つの特色だけなのである。

要するに、身も蓋もない言い方をすれば、わたしたちは事物そのものを見ていないのだ。わたしたちは、たいていの場合、事物に貼られているラベルを読むだけにとどまっている。こうした傾向は、［生きるための行動の］必要から生じたものだが、言語の影響を受けてさらに顕著になった。というのも、単語は（固有名詞を除いて）種類を表示するものだからである。単語は、事物のうちの最もありふれた機能しか、そしてありきたりな側面しかとどめていないものの、事物とわたしたちのあいだにそっと入り込んでくる。単語そのものは必要があって創られたわけだが、その必要の背後に事物の形がすでに身を隠しているのでなければ、単語は事物の形をわたしたちの目から覆い隠してしまうだろう。それに、外部の対象だけでなく、わたしたち自身の心の状態もまた、そこに存在する内密なもの、個人的なもの、独自の体験については、わたしたちの目に触れることがない。わたしたちが愛や憎しみの念を抱くとき、嬉しさや悲しさを感じるとき、それを本人以外の誰のものでもないものにしているのは無数の移ろいやすいニュアンスと無数の奥深い共鳴なのだが、そうしたニュアンスと共鳴とともにわたしたちの意識にやってくるのは、わたしたちの感情それ自身といってよいのだろうか。もしそうであるなら、わたしたちは誰もが小説家であり、誰もが詩人であり、誰もが音楽家である、ということになるだろう。しかし、たいていの場合、わたしたちは自分の心の状態のうちで外的に展開されているものにしか気づかない。わたしたちは自分の感情のうちで非人称的な局面しか、言語が何の迷いもなく書き留めることのできた局面しか捉えない。なぜなら、そうした局面は、同じ条件の下であれば、すべての人間にとって大して変わりはないからだ。こうして、個々のわたしたち自身においてであっても、個別性はわたしたちから逃れ去る。わたしたちは一般論と象徴のあいだを動き回っている。それはまるで自分の力が他の力と有用性に関して張り合っている競技場にいるかのようだ。そして行動に引きつけられ、自分にとって最も大きな利益を求めるために、行動が自らのために選んだ競技の場に引き寄せられ、わたしたちは事物と自分のあいだの境界地帯に、事物の外部にありながらもわたしたち自身の外部にもある地帯に生きるということをしているのである。しかし時折、緊張の緩みから、自然が生からいっそう離脱した心を呼び起こすこともある。わたしが言っているのは、あの意図的で、熟慮の末になされ、どこまでも徹底的な離脱のことではない。あれは反省と哲学による産物である。わたしは自然になされる離脱のことを言っているのであって、それは感覚の、あるいは意識の構造に生まれつき備わっているものであり、また、見たり、聞いたり、考えたりすることの、いわば、混じりけのまったくない仕方でただちに発現するものである。もしこの離脱が完全なものであるとすれば、もし心がいかなる知覚によってももはや行動に向かうことがないとすれば、そうした心は芸術家の心であって、世界がこれまでにまったく見たことがないようなものだろう。この心は同時にあらゆる芸術に秀でることになるだろう。というよりもむしろ、そのすべてを融合して他に例をみないひとつの芸術とすることだろう。また、この心はありとあらゆる事物を、物質的世界にみられる形や色や音であっても、内的生にみられる最も微妙な運動であっても同じように、その本源的な純粋性において見抜くだろう。しかし、これでは自然に対してあまりにも要求し過ぎていることになる。わたしたちのなかには自然が芸術家にした人たちがいるが、その彼らに対してさえ、自然がヴェールを持ち上げたのは偶然のことであって、しかもほんの一面に過ぎない。自然が知覚を必要に結びつけることを怠ったのは、ただひとつの方向においてだけである。そして、ひとつひとつの方向はわたしたちが感覚(sens)と呼ぶものに対応しているので、芸術家が通常、芸術に向かうよう運命づけられているのは、自らの感覚のひとつによってであり、その感覚によってのみである。芸術の多様性が出てくるのは、最初は、そこからだ。また素質の専門性が出てくるのもそこからである。

芸術家のある者［画家］は色と形にこだわりをもつだろう。そしてこの者は色を色のために、形を形のために愛するのであるから、また、色と形を自分のためでなく当の色と形のために知覚するのであるから、この者が事物の形と色を通じて透かし見ようとしているのは、事物の内的生ということになる。この者は事物の内的生を、当初は戸惑っていたわたしたちの知覚のなかへ、少しずつ入り込ませるだろう。ほんの一瞬かもしれないが、この者はわたしたちの目と実在のあいだに介在していた形と色の先入観からわたしたちを離脱させてくれるだろう。そして、そうすることで、この者は芸術の最高の野心を、ここでは自然をわたしたちに明示するという野心を実現するだろう。——他の芸術家たち［詩人］はむしろ自分に閉じこもってひたすら内省するだろう。ひとつの感情を外に描き出そうとして無数の行動が生まれつつあるところに、個人の心の状態を表現し包含しているありきたりで社会的な単語の背後に、この者たちがその単純な姿を探求しようとしているのは、感情にほかならず、心の状態にほかならない。そして、わたしたちがわたしたち自身に対して同じ努力を試みるよう仕向けるために、この者たちは、自分が見たと思われるものをいくらかでもわたしたちに見させようと工夫を凝らすことだろう。たとえば、リズムが生まれるように言葉を配列すると、それが首尾よく組織されて一体となり、独創的な生命を吹き込まれて活気を帯びることになるのだが、そうした配列によって、この者たちは、事物を表現するために作られたのではない言語を用いて、事物のことをわたしたちに語る、いやむしろ示唆するのである。――さらに他の芸術家たち〔音楽家〕はなおいっそう深く掘り下げるだろう。かろうじて言葉で言い表すことができるあれこれの喜びや悲しみの下に、この者たちはもはや言葉と何の共通点もないものを、生や呼吸のあるリズムを捉えるだろう。このリズムは、気持ちの落胆や高揚、もろもろの悔恨や希望にみられるように各人によってさまざまな生きた法則なので、最も内的な感情よりもさらに人間の内部にあるものである。この音楽を解き放ち、その特徴を際立たせることで、この者たちはわたしたちの注意を促してやまない。そうすることで、この者たちは、通りすがりの人たちが舞踏に加わるのと同じように、わたしたちが自分でもよくわからないままそこに誘い込まれるようにするだろう。またそれによって、うち震えるきっかけを窺っていた何ものかを、ほかならぬわたしたちの奥底で、揺さぶるようわたしたちを促すだろう。――ここまで見てきたことからもわかるように、絵画であろうと、彫刻であろうと、詩や音楽であろうと、芸術には、実用の上で有効な象徴を、慣習や社会によって受け入れられている一般性を、要するに、わたしたちから実在を覆い隠しているすべてのものを遠ざけ、そうしてわたしたちを実在そのものに直面させること以外の目的はない。芸術における実在論と観念論のあいだに論争が生まれたのは、この点に関する誤解からなのだ。芸術が実在のより直接的なヴィジョンであることは間違いない。しかし知覚のこうした純粋性は、有用な慣習との断絶を、感覚や意識の生得的で殊更に局在化されている無関心を、要するに、生にみられるある種の非物質性——それゆえにこれまでずっと観念論と呼ばれてきた——を含んでいる。したがって、言葉の意味を少しもてあそぶことなく、観念論が心のなかにあるとき実在論は作品のなかにあると言うことができるだろうし、人が実在との接触を回復するのはひとえに観念性のおかげであると言うことができるだろう[8]。

ドラマ芸術はこの法則の例外をなすものではない。ドラマが探求し明るみにもたらすもの、それは生活の必要性によってわたしたちから覆い隠されている奥深い実在——わたしたちの利害関心そのもののなかにありながらも覆い隠されていることが少なくない実在——である。この実在はどんなものだろうか。この必要性はどんなものなのだろうか。あらゆる詩は心の状態を表現している。けれども、そうした心の状態のなかには、特に人間が自分の同類と触れ合うことから生まれてくるものがある。それは最も強度があり、また最も激しさのある感情である。プラスとマイナスの電気がコンデンサーの両極のあいだで引きつけ合って蓄積されていくのを利用すれば火花を飛び散らせることができるのだが、それと同じように、人間と人間をただ面と向かい合わせるだけで、深く惹かれ合ったり反発し合ったりするようになり、均衡が完全に破壊されるようになり、ついには情念というあの心が電気を帯びる事態が生み出される。もし人間が自らの感覚的本性の運動に身を委ねているとしたら、そして社会法則も道徳法則も存在しないとしたら、そうした激しい感情の爆発は生活していく上で日常的なものとなるだろう。ところで、その爆発が回避されることは有益である。人間には

8　ショーペンハウアー「意志と表象としての世界　正編（Ⅱ）」第三巻「表象としての世界の第二考察」第四十九節（『ショーペンハウアー全集3』所収、斎藤忍随・笹谷満・山崎庸佑・加藤尚武・茅野良男訳、白水社、一九七三年、一一〇－一一五頁）、およびショーペンハウアー「意志と表象としての世界　続編（Ⅱ）」第三巻の補足、第三十四章「芸術の内的本質について」（『ショーペンハウアー全集6』所収、塩屋竹男・岩波哲男・飯島宗享訳、白水社、一九七三年、三三五－三四一頁）を参照されたい。

社会のうちで生活を営むこと、したがって規則に厳格に従うことが必要である。そして、こうすれば利得が上がるとされることを、理性が命じるのである。だから、義務が存在するのであり、わたしたちの使命はこれに従うこととなる。利得の追求と理性の命令というこの二つのものの影響下で人類のために形成されたのに違いないのが、感情と観念とからなる表面的な層である。感情と観念は不変性をめざすものであり、少なくともすべての人間に共通であろうとしていて、個人がもつ情念の内部にある炎を消す力のないときには、この炎を覆い隠す。社会生活がだんだん平穏になっていく方向に人類がゆっくり進歩していくことで、この層は少しずつ固められてきたのである。それは、わたしたちの惑星［地球］それ自身の生が長い努力の末に、煮えたぎる金属の灼熱した塊を、固くて冷たい薄皮ですっかり覆ったのと同じようなものだ。けれども、火山の噴火がある。そして、神話が望んでいたように、地球がひとつの生き物であるとすれば、地球はおそらく、休息をとりながらも、あの急激な爆発について夢想したがるだろう。なにしろそうなればたちまちのうちに自らの最も奥深いところにあるものにおいて自分を取り戻せるのだから。ドラマがわたしたちにもたらすのは、この種の快楽である。社会と理性とがわたしたちのために作り上げた静穏で慎ましい生活の下で、ドラマはわたしたちのうちに何かをかき立てようとしている。それは幸いにも爆発しないが、その内的緊張をわたしたちに感じさせるものである。ドラマは自然に代わって社会に復讐する。時には、その目的に向かってまっすぐ進むこともあるだろう。この場合は、何もかも吹き飛ばす情念を、奥底から表面へ、呼び出すだろう。また時には、当代のドラマがしばしばやるように、回り道をすることもあるだろう。この場合は、詭弁を弄することも厭わない巧妙さで、社会の自己矛盾をわたしたちに暴露したり、社会法則のなかにありうる人為的なものを誇張したりするだろう。このように、婉曲的な手段によって、今度は被膜を溶かすことで、先の場合と同じようにわたしたちを奥底に触れさせるだろう。しかし、どちらの場合においても、社会を弱くするのであれ、自然を強くするのであれ、ドラマは同じ目的を追求している。それは、わたしたち自身の隠された部分を、わたしたちの人格の悲劇的な要素とでも呼びうるものをわたしたちにさらけ出すというものだ。[9] わたしたちは素晴らしいドラ

9　こうした議論は、ゾラ「演劇における自然主義」（『ゾラ・セレクション』第8巻所収、佐藤正年編訳、藤原書店、二〇〇七年）を契機とした当時の演劇論争を下敷きにしているように思われる。

マを観賞した後にそうした印象を抱く。わたしたちが関心をもったもの、それは、わたしたちに他人について語ってくれたことよりも、わたしたちに自分［自身］を垣間見させてくれたことのほうであり、判然としない事物からなる混乱した世界というものが存在しようとしていたのに、わたしたちにとって幸運にも、それが存在しなくて済んだことのほうである。言い換えると、限りなく古い遺伝的な記憶に対してわたしたちのうちにひとつの呼びかけが発せられたように思われるのだ。この記憶はとても奥深いところにあり、わたしたちの現実の生活とほとんど関係がない。そのため、現実の生活が、しばしのあいだ、わたしたちにとってどこか非現実的なところや型通りのところがあるもののように見えてくるほどであって、それをあらためて学び直さなければならなくなるのだ。だからドラマが有用性を重視した獲得物［事物から行動に役立つ側面を抽出したもの］の下方に探しに行ったのは、より奥深い実在にほかならない。そしてドラマというこの芸術は他の芸術と同じ目的をもっているのである。

したがって、芸術は常に個別的なものをめざすということになる。画家がカンバスに定着させるもの、それはその画家が一定の場所で、一定の日の、一定の時間に、二度と見ることのないような色彩で見たものである。詩人が詠うもの、それはその詩人のものであった心の状態、しかもその詩人以外の誰のものでもなかった心の状態であり、もはや決して存在することのないような心の状態である。ドラマ作家がわたしたちの目の前に置くもの、それはひとつの心の展開であり、感情や出来事の生き生きとした連なりであり、要するに、一度現れたら決して繰り返されることのない何ものかである。こうした感情に一般的な名称を与えようとしても無駄だろう。別の人の心においては、もはや同じものではなくなってしまうのだ。こうした感情は個別化されている。だからこそこうした感情は芸術に属しているのである。というのも、一般性、象徴、もしお望みとあれば、類型さえも、わたしたちの日頃の知覚が用いる通貨だからである。ではいったいどこからこの点に関する誤解が生じてくるのだろうか。

その理由は、きわめて異なる二つのもの、つまり対象物の一般性と、わたしたちが対象物について下す判断の一般性とを混同したことにある。ある感情が一般に真であると認められるからといって、それが一般的感情であるということにはならない。ハムレットという人物ほど特異なものはない。彼がいくつかの側面で他の人たちと似ているとしても、わたしたちが彼に最も関心を抱いているのはそこではない。それなのに、彼は普遍的に受け入れられ、生きていると普遍的にみなされている。彼に普遍的な真理が備わっているのは、ただこの意味においてのみなのだ。芸術が生み出した他のものについても事態は同じである。そのひとつひとつが特異なものであるのだが、それが天才の証印（しるし）を身につけていれば、最後にはすべての人に受け入れられることになるだろう。なぜそれは受け入れられるのだろうか。そして、もしそれが当該のジャンルのうちで唯一のものであるとしたら、どのような特徴によって［わたしたちは］それを真であると認めるのだろうか。わたしが思うに、わたしたちがそれを真であると認めるのは、それがわたしたちに対して、わたしたちもまた誠実に見るためにするように仕向ける努力そのものにおいてである。誠実さというのは伝わるものである。芸術家が見たものを、わたしたちも見るということはおそらくないだろう。少なくとも、まったく同じように見ることはないはずだ。しかし、もし芸術家がそれを本当に見たのであれば、その芸術家がヴェールを押しのけるためにした努力を、わたしたちも模倣せずにはいられまい。芸術家の作品はわたしたちに教訓（おしえ）として役立つひとつの模範的な例である。そしてこの教訓の有効性に応じて、作品の真理は正確に測定されるのである。したがって真理は自らのうちに説得する力能を、いやそれどころか回心させる力能さえもっているのであって、この力能が真理を真理と認めるときの証印となっている。作品が偉大であればあるほど、そして垣間見られた真理が奥深いものであればあるほど、その結果が出てくるまで時間がかかることになるかもしれないが、だからこそ、その結果にはより普遍的なものとなって現れる傾向もあるだろう。したがってここでは普遍性は、生み出された結果のなかにあるのであって、原因のなかにあるのではない。

それとまったく異なるのが喜劇の目的である。ここでは一般性が作品そのもののなかにある。喜劇は、わたしたちがこれまでに遭遇した、また、わたしたちが行く先々で遭遇することになる性格を描く。喜劇は類似を書き留めておく。喜劇はわたしたちの目の前にもろもろの類型を置くことをめざしているのである。喜劇は、もし必要となれば、新しい類型を創造することさえあるだろう。この点で、喜劇は他の芸術とまるきり異なっている。

名作とされる喜劇は表題そのものがすでにその意図をはっきり示している。『人間嫌い』、『守銭奴』、『賭博狂』、『ぼんやり者』[10]などがそうだ。これらはいずれもジャン

10　レニャールの作品。

ルの名である。そして性格喜劇が固有名詞を表題にしている場合であっても、その固有名詞は、それがもつ内容の重みによって、あっという間に普通名詞の流れに引きずり込まれる。わたしたちは「タルチュフのような男」とは言うものの、「フェードル[11]のような女」とか「ポリュークト[12]のような男」などとは言わないだろう。

とりわけ、悲劇詩人が、主人公の周囲を、いわば、主人公の単純化されたコピーであるような脇役で固めるという考えを起こすようなことはほとんどないだろう。悲劇の主人公は、悲劇というジャンルにおける唯一の個性なのである。だからその主人公を真似ることはできるかもしれないが、そのとき、真似る当人は、意識的であろうとなかろうと、悲劇的なものから喜劇的なものへ移行することになるだろう。誰もが悲劇の主人公に似ていない。なぜなら悲劇の主人公は誰にも似ていないのだから。それとは反対に、喜劇詩人が喜劇の中心となる人物を作り上げると、驚くべき本能がこの詩人に働いて、自らが作り上げた人物の周囲を、この人物と同じ一般的特徴のみられる他の人物たちに取り巻かせる。名詞の複数形や集合的な要素をもった単語を表題にしている喜劇は多い。『女学者たち』、『才女気取りたち[13]』、『退屈な世間[14]』などがそうだ。これらにおいては、同じ基本類型を繰り返し行うさまざまな人たちが登場し、舞台の上でそれぞれが出会う手筈になっているのである。喜劇のこうした傾向を分析するのはきっと興味深いことだろう。おそらく、まずそこに見出されるのは、医者たちによって指摘されているある事実に対する予感、すなわち、同じ種類に属する精神的なバランスを欠いた人たちは内に秘めた力が惹きつけ合ってお互いを探し求める傾向があるという事実に対する予感であるだろう。医学的処置を施されるほどではないものの、おかしさをもった人物は通常、わたしたちがすでに示したように、緊張が緩んだ人であって、この緊張が緩んだ状態から精神の安定が完全に断たれるまでの移行はそれと気づかれることなくなされるだろう。だがそれ以外にも理由がある。喜劇詩人にとって、その目的がわたしたちに類型を、つまり、繰り返しを厭わない性格をみせ

11　フェードルは、ラシーヌ『フェードル』の主人公。
12　ポリュークトは、コルネイユ『ポリュークト』の主人公。
13　モリエール「女学者（*Les Femmes savantes*）」、「才女気取り（*Les Précieuses ridicules*）」（『モリエール全集』第四巻所収、鈴木力衛訳、中央公論社、一九七三年）。
14　E. Pailleron, *Le Monde où l'on s'ennuie.*（フランス語の le monde は「世界」、「社会」、「人々」などを意味する集合名詞として用いられる）

ることであるとしたら、同じ類型に属するいくつもの異なる事例をわたしたちに示すこと以上にうまいやり方があるだろうか。博物学者がひとつの種を取り扱うときも、これと同じ手法を用いている。その種の主要な変種を列挙し、記述しているのである。

悲劇と喜劇のあいだのこの本質的な相違、すなわち一方〔悲劇〕は個〔人〕にこだわりをもち、他方〔喜劇〕は類（ジャンル）にこだわりをもつというこの相違は、それ以外の仕方でも表現される。この相違は作品の起草段階から現れる。この相違は、最初から、まったく異なる二つの観察方法となって現出するのである。

いまから述べる断言はあまりにも逆説的にみえるかもしれない。その断言とは、他の人たちを観察することが悲劇詩人にとって不可欠であるとは思われない、というものだ。まず、実際に、わたしたちが見出すのは、きわめて偉大な悲劇詩人たちが、きわめて隠棲的で、きわめて慎ましい生活を送っていたということ、だから彼らが忠実に描写した情念が彼ら自身の周囲に荒れ狂うのを見る機会に恵まれることはなかったということである。けれども、彼らがそうした光景に出くわすことがあったと仮定してみたところで、彼らにとってそれが大いに役立つものであったかどうかはわからない。実際、悲劇詩人の作品のなかでわたしたちの関心を惹くもの、それはきわめて奥深いいくつかの心の状態のヴィジョンであり、まったく内的ないくつかの葛藤のヴィジョンである。ところで、こうしたヴィジョンが外から作り上げられるということはありえない。心と心がお互いに相手のなかに入り込むことはできないのだ。わたしたちが外部から気づくのは、情念のいくつかの記号（しるし）だけである。わたしたちがそうした記号を解釈するのは――といっても不完全にであるが――わたしたち自身がそれまでに体験したものとの類推によってでしかない。したがって、わたしたちの体験するものが本質的なものなのであり、わたしたちが根底まで知ることができるのは――うまくそれを知ることができるとしてであるが――わたしたち自身の心だけなのである。だとすると、悲劇詩人は自分が描写していることを体験したのであり、自分の登場人物たちの情況を経験したのであり、彼らの内的生を生きたのだ、ということになるのだろうか。ここでもまた、悲劇詩人たちの伝記が反証を与えてくれるだろう。そもそも、同じ人間［シェイクスピア］がマクベスであり、オセローであり、ハムレットであり、リア王であり、さらにそれ以外にもたくさんの人物であったと想定することがどうしてできるだろうか。だがおそらくここで、現に持っている人格と、持とうと思えば持てたかもしれない人格とを区別しなければならないだろう。わたしたちの性格は絶えず更新される選択の結果である。わたしたちが進んでいく道筋には（少なくとも見かけ上は）分岐点がいくつもあって、わたしたちはそのうちのひとつだけしか辿ることができないものの、辿ることのできる方向がたくさんあることに気づく。後戻りをしたり、垣間見た方向を最後まで辿っていったりする、それが詩的想像力をまさに成り立たせていることのようにみえる。シェイクスピアが、マクベスでも、ハムレットでも、オセローでもなかったということに、わたしもまったく異論はない。けれども、もし外的事情と、彼の意志による同意とが別々の方向からやってきて、彼において内的高揚でしかなかったものを激しく噴出する状態にもっていったならば、彼はこうしたさまざまな人物になっていたかもしれないのである。詩的想像力が、まるでアルルカンの衣装[15]を縫うためであるかのように、周囲のあちこちから借りてきた断片で主人公たちを作り上げると考えるのは、詩的想像力の役割について途轍もない考え違いをすることになる。そうした考え違いからは生をもったものなど何も出てこないだろう。生は再構成されるものではない。生はただ単にそれを眺めるほかないものである。詩的想像力は実在をより完全なものにしたヴィジョンでしかありえない。詩人によって創造される人物が生をもっているという印象をわたしたちに与えるのは、その人物が詩人自身であり、複数化された詩人であり、内的観察の努力をすることで自分自身を深化させた詩人であるからだ。この詩人の努力はとても力強いので、潜在的なものを実在的なもののなかで把握したり、自然が詩人のうちに粗描のまま、あるいは単なる草案のままで残したものをあらためて取り上げて完全な作品に仕上げたりすることができるのである。

喜劇を生む観察のジャンルはこれとまったく異なるものである。それは外的観察である。喜劇詩人は、人間本性のうちで笑いをもたらすかもしれない部分にどれほど好奇心をそそられていても、自分自身のそうした部分を探し求めるようなことはしないだろう、とわたしは思う。そもそも、それを探し求めたところで見出すことはないだろう。というのも、わたしたちが笑いを誘うものになるのは、わたしたちの人格のうちで意識の目が届かない側面によってでしかないからだ。だからこの観察が行われることになるのは他人に対してである。けれども、まさにそれによって、この観察には一般性という性格が備わることになる。観察の対象が自己になると、観察はそうした

15　一般に、モザイク状になった多色の菱形模様をしている。

性格をもつことができない。というのも、この観察は表面にとどまっているので、人々の被膜にしか、そのうちの少なからぬ人たちがお互いに触れ合って似たもの同士になっていくきっかけのようなものにしか到達することにならないからである。この観察がそれ以上に遠くへ進むことはあるまい。たとえそれ以上に進むことができるとしても、この観察は進みたがらないだろう。なぜなら、そうしたところで何も手に入らないと思われるからだ。人格のなかにあまりに深くまで入り込んでしまうと、外面的な結果をあまりにも内奥の原因に結びつけてしまうと、結果がもっていた笑いを誘うものを危険にさらしてしまい、最終的には犠牲にしてしまうだろう。わたしたちがそれを笑いたいという気になるためには、その原因を心の平均的な領域に位置づけなければならない。したがって、わたしたちには、結果がせいぜい平均的なものとして、人類の平均を表すものとして見えるようでなければならない。そして平均がどれもそうであるのと同じように、この平均が得られるのも、散在しているデータを突き合わせることによってであり、類似する事例を比較してその本質中の本質を表すことによってであり、要するに、物理学者が事実に働きかけて法則を引き出すときの作業とよく似た抽象と一般化という作業によってである。簡単に言えば、観察が外面的なものであり、また結果が一般化できるものであるという意味で、ここでは方法と対象が帰納的な諸科学のものと同じ性質をもっている、ということである。

こうして、長い回り道をした後で、わたしたちは本書の研究を続けるなかで明らかになった二つの結論に戻ってくる。［すなわち］一方で、ある人によって笑いに誘われるのは、その人が緊張の緩みによく似た性向を示すことによって以外に、［言い換えれば］寄生生物のように、その人の生を養分としながらも有機的にひとつになることなく生きている何ものかによって以外にありえない。だからこそ、そうした性向は外部から観察されるのであるし、修正することもできるのだ。しかし、他方で、笑いの目的がこの修正することそのものであるとすれば、修正は可能な限り多くの人たちに一撃で届いたほうがよい。だからこそ、喜劇の観察は本能的に一般的なものへ向かうのだ。喜劇の観察は、もろもろの特異性のうちで、繰り返されてもよいものを、したがってその人間の個性に分かちがたく結びついているわけではないものを、こう言ってよければ、共通な特異性を選ぶのである。こうした特異性を舞台に移し換えることで、喜劇の観察は作品を創作するのだが、そうして創作された作品は、喜ばせることだけを意識的にめざしている点ではおそらく芸術に属することになるものの、それがもつ一般性という性格によって、また修正し教育しようという無意識的な底意によっても、他の芸術作品とはまるきり異なることになるものである。だからわたしたちには、喜劇とは芸術と生活の境界線上にあるものである、と述べる正当性があったわけだ。喜劇は純粋芸術のように利害関心を離れたものではない。笑いを組織化することで、喜劇は社会生活を本来の［自然な］環境として受け入れる。つまり、喜劇は社会生活にみられる衝動のひとつに従うことさえあるということだ。そしてこの点で喜劇は芸術に背を向けているのである。というのも、芸術とは社会と断絶することであり、純然たる自然へ回帰することであるのだから。

二

これまで述べてきたことに基づいて、申し分なくおかしさをもった性格的傾向を創作するためにはどのようにすればよいのかを、今からみていくことにしよう。申し分なくおかしさをもった性格的傾向とは、傾向それ自身におかしさが含まれているということであり、もともとおかしさが備わっているということであり、どのように発現してもおかしさがみられるということである。［具体的に言うと、まず］喜劇に途切れることなく栄養を補給するためには、この性向は奥深さのあるものでなければならないが、にもかかわらず、喜劇の調子を失わないためには、この性向は表層的なものでなければならないということであるし、また、おかしさは無意識的なものであるから、この性向はそれを所持している当人の目に見えてはならないものの、それが万人に笑いを引き起こすためには他のすべての人たちの目に見えているのでなければならないということであるし、また、この性向がためらうことなく自らをひけらかすためには自分自身に対して寛容さに満ちていなければならないが、他人がこの性向を容赦なく抑えつけるためには他人に対して迷惑なものでなければならないということであるし、また、この性向を笑うまでもなかったということにしないためには、すぐにも修正できるものでなければならないものの、笑いが絶えない状態にしておくためには、新しい局面でも確実によみがえってくるものでなければならないということであるし、また、社会にとっては耐え難いものであっても社会生活と切り離せないものでなければならないということであるし、とにかく想像しうる最も多種多様な形をとるためには、あらゆる悪徳に、いやそればかりか、いくつかの美徳にさえも付け加えられることができるのでなければならないということである。これらが全部一緒に溶け込んでいなければならない要素なのだ。心の化学者がその微妙な調合を託されたとしても、それが入った蒸溜器の中身を取り出すときがきたら、きっと、少しがっかりすることになるだろう。この化学者は、自分がひどく苦労して合成した混合物がすっかり出来上がったかたちで労力をかけずに［無料で］手に入るもの、自然における空気のように人類に広まっているものと変わらないことに気づくだろう。

この混合物とは虚栄心[16]である。わたしには、これ以上に表層的な欠点も、これ以上に奥深い欠点もないように思われる。虚栄心によって傷を被っても決して重傷になることはないが、それでもその傷はなかなか癒えるものではない。虚栄心のために骨を折ったところで、それはあらゆる骨折りのうちで草臥れ儲けに終わることが最も多いものである。にもかかわらず、こうして骨を折ることこそが、永続的な感謝の念をその背後に残すのだ。虚栄心そのものは悪徳とは言い難い。それにもかかわらず、あらゆる悪徳は虚栄心の周囲を取り巻き、自らを洗練させながら、もはや虚栄心を満足させる手段以外のものになろうとしなくなっていく。虚栄心は、他者から浴びていると当人が信じ込んでいる称賛に基づいた自己称賛である以上、社会生活から出てきたものであるのだから、エゴイズムよりもはるかにずっと自然なものであり、ずっと普遍的に生得的なものである。というのも、エゴイズムに対しては自然が勝利することが少なくないとはいえ、わたしたちが虚栄心を打ち負かすのは、ただ反省によってのみだからである。実際、わたしたちが生まれながらにして謙虚であるなどと、わたしは思わない。もっとも、まったく肉体的なある種の臆病さは、考えられているよりもずっと傲慢さに近いのに、それを謙虚さと呼ぼうとするのであれば話は変わってくるのだが。本当の謙虚さは虚栄心についての省察以外にありえない。本当の謙虚さは他[17]

16　虚栄心と笑いの関係について、ベルクソンの議論は、ラ・ロシュフコー『ラ・ロシュフコー箴言集』（二宮フサ訳、岩波文庫、一九八九年）、ラ・ブリュイエール『カラクテール（上）』第四章「心情について」第七四節（関根秀雄訳、岩波文庫、一九五二年）、同『カラクテール（中）』第十一章「人間について」第六四－六六節、第七二－七三節、第八五節、第一〇三節、第一四八節（一九五三年）、パスカル『パンセ』ブランシュヴィック版一五〇（一〇六頁）、ホッブズ『リヴァイアサン1』第一部第六章「意志的な行動の、心の中での始まり（通常の言い方では情動）その表現手段としての言葉について」細目「不意に訪れる得意な気持ち」および「笑い」（角田安正訳、光文社古典新訳文庫、二〇一四年、一〇二－一〇三頁）などを下敷きにしていると思われる。

人が思い違いをしている様子をみることから、そして自分自身も誤った方向に進むのを恐れることから生まれる。本当の謙虚さは、自分について誰かが言い、考えると思われることに対する科学的慎重さのようなものである。本当の謙虚さは修正と訂正で作られている。要するに、それは後天的に獲得される美徳なのだ。

謙虚になりたいという心がけと、笑いものになるのではないかという気がかりとが区別されるのは正確にどのような瞬間であるのかを言うことは難しい。もっとも、そうした気がかりと心がけは最初のうちはたしかに見分けがつかない。虚栄心の思い違いと、それに結びついた笑いをもたらすものとについて余すところなく研究すれば、笑いの理論が独特な光で照らされることだろう。そうすれば、笑いが自らのもつ主要な機能のうちのひとつを規則正しく成し遂げるのをみることができるだろう。その機能とは、焦点が定まっていない自尊心を自分自身の十全な意識に呼び戻すことであり、そうすることで性格がもちうる最も大きな社会性を手に入れることである。また、虚栄心は、社会生活の自然な産物であるにもかかわらず、どうして社会の邪魔になるのかをみることができるだろう。虚栄心のそうした性向は、わたしたちの器官から絶え間なく分泌されているある種の弱い毒物が、もし他の分泌物によってその効力を中和させなければ、いつかはわたしたちの器官を中毒させることになるのと同じようなものである。笑いは絶えずこの種の仕事を成し遂げている。この意味で、虚栄心の特効薬は笑いであると言うことができるだろうし、本質的に笑いを誘う欠点は虚栄心であると言うことができるだろう。

わたしたちが形や運動にみられるおかしさを取り扱ったときに示したのは、しかじかの単純なイメージはそれだけでも笑いを誘うのだが、それがどのようにして自分よりも複雑な他のイメージに潜り込み、自分のもつ何らかの喜劇的な力を他のイメージに注ぎ込むことができるのか、ということであった。そういうわけで、おかしさの程度の最も高い形が最も低い形によって説明されることもある。けれども、それとは反

17　本当の謙虚（さ）については、スピノザ『エチカ』第三部「感情の起源および本性について」定理五九備考（スピノザ『エチカ（上）』所収、畠中尚志訳、岩波文庫、一九七五年［改版］、二三四頁）、および「諸感情の定義」四三、四八（二五一－二五二頁）、第四部「人間の隷属あるいは感情の力について」付録第二五項（スピノザ『エチカ（下）』所収、畠中尚志訳、岩波文庫、一九七五年［改版］、九一－九二頁）を参照されたい（ただし訳語が「礼譲」になっている）。誤った謙虚（さ）については、ラ・ブリュイエール『カラクテール（中）』第十一章「人間について」第六六節（一六三頁）を参照されたい（ただし訳語が「うその謙遜」になっている）。

対の操作のほうがおそらくはるかに頻繁に生じているのである。ひとつのきわめて緻密なおかしさが下降したことで得られる複数のきわめて粗雑なおかしさがあるのだ。そういうわけで、虚栄心というおかしさのこの高度な形は、わたしたちが人間活動のあらゆる発現のなかに、無意識ながらも、綿密に探し求める傾向のあるひとつの要素なのである。わたしたちは、たとえ笑うためでしかなくても、それを探究するのだ。そしてわたしたちの想像力は必要のないところに虚栄心を置いていることもしばしばある。心理学者たちがコントラストを引き合いに出すだけで十分な説明をしていないいくつかの効果をもった粗雑としか言いようのないおかしさも、おそらくこうしたところに起源があると考えなければならないだろう。たとえば、背の低い男が身をかがめて大きな門の下を通り抜けるところとか、一人は背がとても高く、もう一人は小柄という二人の人物が、腕を組んで勿体ぶって歩いている等々、がそれに当たる。この後者のほうのイメージを近くから注視してみると、まるで牛と同じくらい大きくなりたがっている蛙[18]のように、二人の人物のうちの小さい方が大きい方に向かって伸、び、上、が、ろ、うと努力しているようにみえることに気づくだろう、とわたしは思う。

三

　喜劇詩人の注意を惹きつけようとして、虚栄心と結びついたり、あるいは虚栄心と張り合ったりするもろもろの性格的特徴をここで数え上げることが問題となることはありえないだろう。わたしたちは、どのような欠点も笑いを誘うものになりうるということ、さらにそれを突き詰めて、いくつかの美点さえも笑いを誘うものになりうるということを示した。仮にこれまでに知られている笑いを誘うものについてのリストを作成できるとしてであるが、喜劇はそのリストを引き伸ばすことを引き受けてくれるだろう。ただしそれは、まったくの思いつきによって笑いを誘うものを創作することによってではおそらくなく、いままで気づかずに通り過ぎてきたおかしさをもったものの諸方向を看破することによってなされる。たとえば、まったく同じ一枚の絨毯の複雑な模様のなかから想像力がつねに新たな図柄を引っ張り出すことができるのと

18　ラ・フォンテーヌ「ウシと同じくらい大きくなりたいと思ったカエル」（『寓話（上）』［巻の一・3］所収、今野一雄訳、岩波文庫、一九七二年、七二頁）。

似たように。本質的な条件は、わたしたちも知っているように、観察された特徴がすぐに一種の枠組みとして現れ、そこにたくさんの人が押し込められるようになることにある。

　しかし、すっかり出来上がっている枠組みもある。それは社会それ自身によって構成されている枠組みであり、社会が分業に基づいているということから、社会にとって必要な枠組みである。わたしが念頭に置いているのは、技能職、職務、職業といったものだ。あらゆる専門的職業は、それに没頭している者に対していくつかの精神的習慣といくつかの性格的特徴を与えるのであり、それによって彼らは似た者同士になり、また他の人たちから区別されるようにもなる。[19] こうしていくつもの小さな社会が大きな社会の内部に構成されるのである。なるほどそうした小さな社会は社会一般の組織そのものに起因している。にもかかわらず、もしこの小さな社会のそれぞれがあまりにも孤立し過ぎてしまったら、社会としてうまく機能しなくなる恐れがあるだろう。ところで、笑いはほかでもない分離主義的傾向を抑制する機能をもっている。その役割は、硬直性（こわばり）をしなやかさに修正することであり、各人を全体にあらためて適応させることであり、要するに、角をとって丸くすることである。わたしたちがここで一種のおかしさを手にすることになるのもそのようにしてであって、だとすれば、そのヴァリエーションもあらかじめ決定することができるだろう。お望みとあれば、これを職業的なおかしさと呼んでもよい。

わたしたちはこのヴァリエーションの詳細に立ち入るつもりはない。それよりもそれらがもつ共通点を強調しておきたい。真っ先に挙げられるのは職業的虚栄心である。ジュールダン氏の教師たちは、誰もが自分の技能を他の誰よりも上位にあると考えている。[20]ラビッシュの登場人物には、材木商以外の仕事に就けることを理解しない者がいる。その人物とは、もちろん、材木商人である。[21]しかもこの場合は、営んでいる職業にいかさま師的要素の含まれる割合が高くなっていくにつれて、虚栄心が勿体ぶった様子になる傾向を帯びているだろう。というのも、技能が疑わしければ疑わしいほど、それに従事する者は自分が聖職に叙任されていると思うようになっていき、また、

19　ラ・ブリュイエール『カラクテール（上）』第七章「町方について」第四節（二六一‐二六三頁）を参照されたい。
20　モリエール『町人貴族』第一幕第二景から第二幕第三景にかけて（一〇一‐一二〇頁）。
21　E. Labiche, *La Poudre aux yeux*, ActII, scèneII.（ラビッシュ『眼つぶし』第二幕第二景）。

自分の秘儀に頭を垂れることを要求するようになっていくというのは、注目すべき事実だからである。有用な職業は明らかに公衆のために作られたものである。けれども有用性が疑わしい職業になればなるほど、その職業のために公衆が作られていると想定することによってしか、その存在を正当化することができなくなっていく。ところで、勿体ぶった様子の根底にあるのは、こうした錯覚なのだ。モリエールに出てくる医者たちのおかしさはその大部分がこうしたところから来ている。医者たちは病人をまるで病人が医者のために創り出されたかのように取り扱い、自然［気性・体質］それ自身を医学に従属するものとして取り扱うのである。

　このおかしさにみられる硬直性のもうひとつの形を、わたしは職業的な頑なさと呼ぶことにしたい。おかしさをもった人物は自分の職務の堅苦しい枠組みのなかにあまりにもきっちり自分を押し込むことになるため、もはや身動きする余地もなくなることになり、とりわけ他の人たちと同じように感動する余地もなくなることになる。どうして不幸な人たちがひどい目に遭うのを見ていられましょうか、とイザベルがペラン・ダンダン判事に尋ねたとき、この判事が答えた言葉を思い起こしてみよう。

「なあに、そうしていればいつだって一時間や二時間は過ぎてしまいますよ。[22]」

実際にはオルゴンの口を通じて表明される台詞であるが、次に挙げるタルチュフの言葉も一種の職業的な頑なさといえないだろうか。

「それに、兄弟、子供、母、妻の死に目に会おうとも、わたしがこれと同じほど気を揉むことなどあるはずがない。[23]」

だが、ひとつの職業をおかしさのあるものに至らしめるに当たって最もよく用いられている手段は、職業をそれに固有の言語の内部へ、いわば、閉じ込めることである。判事、医者、兵士が日常的な事柄に、法律、戦略、医学の言葉遣いを適用するようにさせて、あたかも世間の人たちと同じように話すことができなくなってしまったかの

22　ラシーヌ『裁判きちがい』第三幕第四場（二六七頁）。
23　モリエール『タルチュフ』第一幕第五景（一七 ― 一八頁）。

ようにみせるのだ。通常、この種のおかしさはかなり粗野なものである。けれども、先に述べたように、それが職業的習慣と同時に性格的特徴も暴露するときには、もっと繊細なものとなる。レニャールの作品に出てくる賭博狂［ヴァレール］を思い起こしてみよう。［彼は］賭博用語で独創性の限りを尽くして自らの考えを表明し、自分の従僕にエクトールという名前をつけ、ついには自分のフィアンセを

「スペードのクイーンという名で知られるパラス」[24]

と呼ぶまでになる。さらに『女学者たち』を思い起こしてみよう。彼女たちのおかしさは、その大部分が、学問の次元に属する観念を女性らしい感受性の鋭い言い方に移し換えることから成り立っている。たとえば、「エピクロスがわたしのお気に入りよ……」、「［デカルトの］渦動説がわたしの好みですわ……」等々。第三幕を読み返してみるといい。そうすれば、アルマンド、フィラマント、ベリーズがこの調子でずっと自分の気持ちを言い表し続けているのがわかるだろう。[25]

　これと同じ方向にもっと先まで進んで行けば、職業的な論理が存在することにも、

つまり、いくつかの環境で習得され、ある環境にとっては真であるが、それ以外の世界にとっては偽である推論の仕方が存在することにも気づくだろう。けれども、この二つの論理は、一方が特殊的、もう一方が普遍的というようにコントラストをなしていて、それがおかしさをもったいくつかの効果を生み出すのである。この効果には特別な本性が備わっており、これについてもっと立ち入って長々と述べておくのも無益ではないだろう。わたしたちはここで笑いの理論の重要な点に触れている。もっとも、わたしたちは問いの範囲を広げて、この問いがもつあらゆる一般性において考察するつもりである。

24　J. F. Regnard, *Le Joueur*, Act III, scène IV.（レニャール『賭博狂』第三幕第四景。従僕の本名はリシャール。エクトールはダイヤのジャックを表すとともに、ホメロス『イリアス』に登場するトロイアの総大将の名を連想させる。フィアンセのアンジェリックにつけられたパラスは同じく女神アテナ［アカイア勢（ギリシアの遠征軍）に味方する］を念頭に置いたもの）。

25　モリエール「女学者」第三幕第二景（二八七頁。補足は訳者）。

四

おかしさの奥深い原因を引っ張り出すことに実際に気を取られすぎていたため、わたしたちはおかしさの発現のうちで最も注目すべきもののひとつをこれまでなおざりにしてこざるをえなかった。わたしたちが語ろうとしているのは、おかしさをもった人物やおかしさをもった集団に固有の論理、つまり奇妙な論理についてであり、そこでは、場合によって、不条理が幅を利かせているかもしれない。

テオフィル・ゴーチエ[26]は常軌を逸したおかしさのことを不条理の論理であると言った。笑いの哲学のなかにはこれに類似した観念と不即不離の関係を保っているものがいくつもある。おかしさを生む効果はどれも何らかの側面で矛盾を含んでいるというのだ。わたしたちを笑わせるもの、それは具体的な形で実現された不条理、「目に見える不条理[27]」——あるいはまた、まず承認され、その後すぐに修正される見せかけの不条理——さらにまた、ある面では不条理だが、別の面では苦もなく説明できるもの、等々であるらしい。こうした理論はすべてたしかに一端の真理を含んでいる。けれども、まずそれは、おかしさを生む効果のうちでかなり粗削りないくつかのものにしか適用されないし、また、適用される場合であっても、それは笑いを誘うものの特徴的な要素を、つまりおかしさが不条理を含んでいるときに、そのおかしさが含んでいる不条理のまったく特殊なジャンルを考慮に入れていないように思われるのである。これを納得するにはどうしたらよいだろうか。これらの定義のうちのひとつを選び、定式に従ってもろもろの効果を作り上げさえすればよい。そうしてみても、たいていの場合、笑いを誘う効果は得られないだろう。どういうことかというと、おかしさのなかで不条理に出くわすといっても、その不条理がどんなものでもよいわけではない、ということだ。それは決まったかたちをもった不条理なのである。この不条理はおかしさを創り出すのではなく、むしろおかしさから派生してくるとしたほうがよいだろう。この不条理は原因ではなく結果——きわめて特別な結果であり、そこには結果を産み出す原因の特別な本性が反映されているのである。わたしたちはその原因を知っている。だから、今となっては、その結果を理解するのに骨が折れることはないだ

26　ゴーチエ（Théophile Gautier）は十九世紀フランスの詩人、小説家、劇作家。

27　ジャン・パウル『美学入門』第一部第六プログラム「おかしなものについて」第二十八節「おかしなものの研究」（一二二頁）。

ろう。

ある日、田舎を散歩していたら、ある丘のてっぺんに何かがいることに気づいたとしよう。なんとなくその何かは大きな体をしていてじっとしたまま腕を振り回しているようにみえる。それが何であるかまだわからないながらも、もろもろの観念のなかから、つまりこの場合は記憶作用が自由に使うことのできる記憶内容のなかから、いま自分が気づいたものに最もよく当てはまるものを探してみる。するとたちまち、風車のイメージが頭によみがえってくる。いま自分の目の前にあるのは風車なのだ。つい先ほど、家を出る前に、長大な腕をした巨人の物語が載っているおとぎ話を読んでいたかどうかはどうでもよい。良識というものが思い出す術を心得ることに存しているのをわたしは否定しない。だがそれ以上に、そしてとりわけ、それは忘れる術を心得ることに存しているのである。良識というものは、対象が変わると観念を変えることで、絶えず適応しようとし、適応し直そうとする精神の努力である。それは事物の動きに合わせて正確に自らを規整していく知性の動きである。それはわたしたちの生への注意が動きながら継続することである。

ここに今度は戦いに出かけるドン・キホーテがいるとしよう。彼は自分の愛読書のなかで、騎士がその道中で敵の巨人たちに出くわすのを読んでいた。だから、彼には巨人が必要なのである。巨人という観念は、彼の頭のなかに腰を下ろし、そこでずっと待ち伏せていて、身じろぎもしないまま、外に飛び出して事物のなかに具現される機会をうかがっている特権的な記憶内容である。この記憶内容は物質化されることを欲している。となると、真っ先に目の前に飛び込んできたものが、巨人の姿とは似ても似つかぬものであっても、それを巨人の姿と受け取ることになるだろう。こうしてドン・キホーテは、わたしたちが風車を見るところに、巨人を見るというわけだ[28]。このことにはおかしさがある。そしてこのことには不条理がある。けれども、不条理であればどんなものでもよいのだろうか。

これは常識のまったく特別なひっくり返しである。このひっくり返しは、わたしたちがもつ観念に合わせて事物を制作しようとすることに存しているのであって、わたしたちの観念を事物に合わせて成型しようとすることに存しているのではない。この

28　セルバンテス『ドン・キホーテ　前篇（一）』第一部第八章「勇敢なドン・キホーテが、かって想像されたこともない驚嘆すべき風車の冒険において収めた成功、および思い出すのも楽しいほかの出来事について」（一四一－一五二頁）。

ひっくり返しは、わたしたちが見ているものを考える代わりに、わたしたちが考えているものを自分の目の前で見ることに存している。良識は、わたしたちが自分のすべての記憶内容をきちんと並べておくことを望んでいる。そうしておけば、現在の情況の呼びかけに応じてそのつど適切な記憶内容が返答するだろうし、そうでなくともその情況を解釈することくらいには役立つだろう。ドン・キホーテにおいては、これとは反対に、一群の記憶内容があって、それが他の記憶内容に命令し、この人物自身を支配している。だから、現実のほうが、今度は想像力の前に屈服し、もはや想像力に実体を与えることにしか役立たなくなるはめになるのだ。いったん錯覚が形成されると、ドン・キホーテはこの錯覚をそこに含まれるあらゆる帰結へと、それも当然のこととして展開していく。彼は自分の夢を実演する夢遊病者にみられる確信と正確さとをもってその帰結を生きるのである。これが誤りの起源である。そしてここで不条理を統括している特別な論理である。では、この論理はドン・キホーテに特有のものなのだろうか。

わたしたちは、おかしさをもった人物が精神や性格からくる強情さによって、緊張の緩みによって、自動作用によって過ちを犯すことを示してきた。おかしさの奥底にはある種の硬直性があって、この硬直性のために人は自分の道をまっすぐ進んだり、他人の言うことに耳を傾けなかったり、何も聞こうとしなかったりするのだ。モリエールの喜劇作品のなかには、その場面のおかしさの素が何にあるのかを辿っていくと、この単純な類型に、すなわち、自分の考えを譲らない人物に、ひっきりなしに邪魔されても自分の考えを捨てようとしない人物にあることがわかる、というものがあれほどあるではないか。しかも、何も聞こうとしない人から何も見ようとしない人へ、そしてついには自分が望むもの以外は見ない人への移行は、それと気づかないうちになされるだろう。強情さをもった精神は結局、自分の思考を事物に合わせる代わりに、事物を自分の観念に従わせるようになる。だからおかしさをもったどんな人物もいま描写したような錯覚の途上にあるのであって、ドン・キホーテはおかしさを含んだ不条理の一般的な類型をわたしたちに提供しているのである。

常識のこのひっくり返しには名前がついているのだろうか。このひっくり返しに出くわすのは、急性のものであれ慢性のものであれ、おそらく、狂気のいくつかの形においてである。それは多くの側面で固定観念に似ている。しかし、狂気一般も固定観念もわたしたちを笑わせたりはしない。というのも、それは病気だからだ。病気はわたしたちの憐憫の念を呼び起こす。笑いは、わたしたちも知っているように、情動とは相容れない。もし笑いを誘う狂気があるとすれば、それは精神の健康全般を損なうことのない狂気でしかありえず、こう言ってよければ、正常な狂気でしかありえない。ところで、あらゆる点で狂気に似ている精神の正常な状態があって、そこには精神錯乱におけるのと同じ観念連合が、固定観念におけるのと同じ特異な論理が見出される。それは夢の状態である。したがって、わたしたちの分析が不正確なものでなければ、それを次に挙げる定理で定式化できるはずである。すなわち、おかしさを含む不条理は夢の不条理と同じ本性をもっている。

　まず、夢をみているときの知性の歩みはたったいまわたしが描写した通りのものにほかならない。このとき精神は、自分自身に恋しているので、もはや自らが想像したものを物質化する口実しか外的世界のなかに探し出そうとしない。周囲の音はぼんやりとしているものの依然として耳に達しているし、周囲の色は依然として視野をぐるぐる回っている。要するに、感官が完全に閉じられているわけではないのだ。けれども、夢をみている人は、自分のあらゆる記憶内容に訴えて自分の感官が知覚しているものを解釈するのではなく、それとは逆に、自分が知覚しているものを利用して都合のよい記憶内容を具体化するのである。たとえば、煙突のなかに吹き込む風の音に変わりないのに、夢をみている人の心の状態に応じて、この人の想像力を占めている観念に応じて、それが野獣の唸り声に聞こえたり、美しい旋律をもった歌に聞こえたりすることになる、というように。夢の錯覚がもつ通常のメカニズムとはこのようなものである。

ところで、もしおかしさのみられる錯覚が夢の錯覚のひとつであるとすれば、もしおかしさの論理が夢想の論理であるとすれば、笑いを誘うものの論理のなかに夢の論理のさまざまな特性を見出すことが期待できる。ここでもまた、わたしたちがよく知っているあの法則が実証されるだろう。あの法則とは、笑いを誘うものの形がひとつ与えられると、他の形も、おかしさの根底はそれと同じものでないのに、その与えられた形との外面的類似によって笑いを誘うものになるという法則のことである。たしかに、これは容易にわかることだが、観念の自由気ままな働き（*jeu d'idées*）がどのようなものであっても、それがわたしたちに、程度の差はあれ、夢の自由気ままな働きを思い起こさせるものでありさえすれば、その働きはわたしたちを面白がらせることができるだろう。

推論の諸規則にみられるある一般的弛緩を最初に指摘しておこう。わたしたちがある推論を笑うのは、その推論が誤っていると知りながらも、それを夢のなかで聞いたら真とみなしてしまうかもしれないものであるときだ。こうした推論は眠り込んでいる精神を欺く分だけきっかりと真の推論を装っているのである。これは依然として論理に属するものといってもよいが、ただし、調子の外れた論理であり、まさにそのことによって、わたしたちを知的作業から休息させてくれる論理である。いわゆる「機知のきいた言葉」はその多くがこの種の推論、すなわち、出発点と結論だけしかわたしたちに与えられていない簡略化された推論である。そうした機知に富んだ遊びはさらに、観念と観念のあいだに打ち立てられた関係が表層的であればあるほど、言葉遊びに向かって進展していく。つまり、少しずつわたしたちは耳にした言葉の意味を考慮に入れようとしなくなり、ただ音だけを考慮に入れるようになっていくというわけだ。だとすれば、ある人物が他の人から耳打ちされた言い回しの意味を取り違えるということをどこまでも繰り返すおかしさの溢れる場面のいくつかを夢と引き比べてはならない、ということがあるだろうか。もし周囲の人たちがお喋りをしている最中にあなたが眠り込んでしまうとすれば、そのときにあなたが見出すのは、彼らの話している言葉が少しずつ意味を失っていくということもあれば、彼らの声の響きが形を変え、相互にくっつき合って何の脈絡もなく一緒になり、あなたの精神のなかで突飛な意味をもつようになるということもあるし、またそうしたところから、話している人とあなたが向き合って、プティ・ジャンと台詞の付け役（プロンプター）がやり取りする場面を再現しているということもある。[29]

さらにおかしさをもった妄執というものがあって、これは夢の妄執にとても近いと思われる。立て続けにみたいくつもの夢に同じイメージが繰り返し現れ、ひとつひとつの夢でもっともらしい意味作用を帯びているのをみたのだが、それらの夢にはそれ以外の共通点がない、という事態に出くわしたことのない人がいるだろうか。繰り返しの効果は喜劇作品や小説のなかでこうした特別な形をみせることもある。そのなかには夢の響き合いを持ったものもあるのだ。そしておそらく、多くの歌にみられるリフレインについても事態は同様である。というのも、リフレインはいつも同じもので

29　ラシーヌ「裁判きちがい」第三幕第三場（二六〇－二六一頁）。当該箇所は、法廷でプティ・ジャンが意味も分からないまま台詞の付け役（プロンプター）［後見人］の言葉を繰り返す場面。

あり、節の終わりになると必ず、そのつど違った意味を伴って、執拗に立ち戻ってくるのだから。

　夢のなかで特定のクレシェンドが観察されること、つまり前に進むにつれて奇妙さが強調されていくのが観察されることは珍しくない。理性からもぎ取った最初の譲歩が、それよりも重大な譲歩である第二の譲歩を誘発し、それが続いて究極の不条理にまで到達する。しかし、不条理へ向かうこの歩みは夢をみている者に特異な感覚を与える。わたしが思うに、それは、酒飲みが自分にとって論理も礼儀作法も何もかもがもはやどうでもよくなってしまう状態に向けて心地よく滑り落ちていくのを感じるときに体験する感覚である。そこでモリエールのいくつかの喜劇がこれと同じ感覚を与えないかどうかを見てもらいたい。たとえば『プールソーニャック氏』が、理性的といってよい仕方で始まりながらも、ありとあらゆる奇矯さに引き継がれていくところ、さらに『町人貴族』で、物語が進むにつれて登場人物たちが狂気の渦に引き込まれていくように見えるところがそうだ。「これ以上の狂人にお目にかかろうものなら、ローマへ奏上に行かねば[30]。」この言葉は、芝居が終わったことをわたしたちに知らせてくれるのであって、わたしたちがジュールダン氏とともにのめり込んでいた、だんだん突飛さが増していく夢からわたしたちを脱け出させてくれるのである。

けれども、とりわけ夢に固有な精神錯乱がひとつある。夢をみている人の想像力にとってはとても自然なものであるが、目覚めた人の理性にとってはとてもどぎついものであるため、それを経験したことのない人にその正確で完全な観念を与えようとしても不可能であるような、特殊な矛盾がいくつか存在するのだ。わたしたちはここで奇妙な融合を仄めかしているのであって、夢はしばしばこの融合を、もはや一体となっているにもかかわらず区別されたままである二人の人間のあいだで行うのである。通常、その人物の一人は眠っている人自身である。この人物はあるがままの自分であることをやめていないと感じていながらも、もう一人の人物になってしまっているのだ。この人物は自分であって自分でない。この人物は自分が話すのを聞き、自分が行動するのを見る。しかし、この人物は他人が自分の身体を借りていると感じ、自分の声を奪っていると感じている。あるいはそれでも、この人物が普段通りに話したり、行動したりしているという意識をもっていることはあるだろう。ただし、この人物は

30　モリエール『町人貴族』第五幕第六景（一二一頁）。

自分のことを、もはや自分と何の共通点もない赤の他人のことのように話すだろう。こうしてこの人物は自分自身から離脱してしまっていることになるだろう。こうした奇妙な混同は喜劇の場面のいくつかに見出されるのではないだろうか。わたしが言っているのは『アンフィトリヨン』のことではない。そこでは、混同がたしかに観客の精神に対して示唆されているが、おかしさを生む効果の主要な部分はむしろわたしたちが先に「二つの系列の相互交渉」と呼んだものから来ている。[31]「そうではなく」わたしが言っているのはおかしさを生む常軌を逸した推論のことであって、そこではこの混同を引き出すために反省の努力が必要であるとはいえ、この混同は真に純粋な状態で見出される。たとえば、インタヴューするために来た取材記者に対してマーク・トウェインが行った返答に耳を傾けてもらいたい。「ご兄弟がお一人いますね。――ええ、ビルという名前でした。かわいそうなビル。――ということは、お亡くなりになったのですね。――わたしたちにどうしてもわからなかったのがそのことなのです。この事件には大いなる神秘（ミステリー）が漂っています。わたしたち、つまり死んだビルとわたしは、双子だったのです。そしてわたしたちは、生後十五日のとき、同じ桶で湯浴みをさせられました。わたしたち二人のうちの一人がそこで溺れ死んだのですが、それがどちらだったのかどうしてもわからなかったのです。死んだのはビルだったと考える人もいれば、わたしだったと考える人もいるのです。――不思議なことですね。いったいあなたは、それをどう考えておられるのですか。――いいですか、わたしがこれまで誰にも明かすことのなかった秘密をあなたに打ち明けることにしましょう。わたしたち二人のうちの一人にはある身体的特徴がありました。左手の甲にある大きな痣です。そしてそれがあるのは、わたしだったのです。ところで、溺れ死んだのはその痣がある子の方なのです……云々。」[32]詳しく考慮してみれば、この対話の不条理がありきたりの不条理ではないことがわかるだろう。もし話している人物がほかでもない話題になっている双子の一人でなければ、この不条理は消滅しているだろう。マーク・トウェインが、あたかも第三者としてこの双子のいきさつを語っているかの

31　ジュピテルがアンフィトリヨンに、メルキュールがソジーに扮することによって、アンフィトリヨン‐ソジーと、ジュピテル‐メルキュールという二つの系列が生じ、両系列の相互交渉が喜劇の源泉となっていることを指す。

32　マーク・トウェイン「インタビュー記者との出会い」(『世界文学全集2　マーク・トウェイン』所収、三浦朱門訳、学習研究社、一九七九年、一〇一‐一〇二頁)。

ように自分の考えを表明しながらも、実はその双子の一人であると宣言しているところに、この不条理は起因しているのだ。わたしたちは自分がみている夢の多くでこれと別の仕方で事を進めることはないのである。

五

最後に述べた観点から考察すると、おかしさは、わたしたちがそれに付与していたのとは少し違った形でわたしたちに現れてくることになるだろう。これまで、わたしたちは笑いのなかに何よりも修正手段を見ていた。一連のおかしさを生む効果を取り上げてみてほしい。そしてそこにみられる支配的な類型を、相互にくっつくことのないよう、別々に分けてみてほしい。そうすれば、類型と類型の中間にある効果が自らのおかしさを生む効力をその支配的な類型との類似から得ているということ、そして支配的な類型それ自身が社会に相対して行われるぶしつけさのモデルの数と同じだけあるということが見出されるだろう。このぶしつけさに対して、社会は笑いで応酬するのだが、その笑いはよりいっそう激しいぶしつけさである。だとすれば笑いにはそれほど好意的なところがないということになるだろう。笑いとはむしろ悪をもって悪に報いるものということになるだろう。

とはいうものの、笑いを誘うものの印象のなかで最初に注意を惹くものがそこにあるのではない。おかしさをもった人物がわたしたちにとってまず物質的に共感する人物であるというのはよくあることだ。わたしが言わんとしているのは、わたしたちがほんのわずかの間でもその人物の立場に身を置くということであり、その人物の身振り、発言、行為を採り入れるということであり、もしわたしたちがこの人物のうちにある笑いを誘うものを面白がるとしたら、想像のなかで、この人物が自らのうちにある笑いを誘うものをわたしたちと一緒に面白がってくれるよう促すということである。つまり、わたしたちはまずこの人物を仲間として取り扱うわけだ。だから笑う人には、少なくとも見かけの上での善良さ、愛すべき陽気さがあるのであって、これを考慮に入れないのは間違っているだろう。とりわけ笑いには弛緩の運動がある。これはしばしば指摘されてきたことであって[33]、わたしたちはその理由を探究しなければならない。

33　H. Spencer, *op. cit.*, p.463-464.

こうした印象がわたしたちの最後に挙げた例における以上にはっきり感じられるところはどこにもない。しかも、わたしたちがその説明を見出すことになるのもまたそこなのだ。

おかしさをもった人物が自動的に自分の観念を辿るとき、この人物は結局、まるで夢をみているかのように考え、話し、行動するようになる。ところで、夢とは弛緩である。事物や人間と接触を保っていること、そこに存在するものしか見ず、そこに存在し続けるものしか考えないこと、このことには知的緊張の絶え間ない努力が要求される。良識とはこうした努力そのものである。そこには労苦がある。しかし、事物から離脱していながらも依然としてイメージを覚知していること、論理と縁を切っていながらも依然として観念を寄せ集めていること、こうしたことはそれこそ自由気ままな働き（jeu）に過ぎないのであり、あるいはこう言ったほうがよければ、怠惰に過ぎないのである。したがっておかしさのもつ不条理は観念の自由気ままな働きという印象をわたしたちにまず与える。わたしたちが最初にする運動はわたしたちをこの自由気ままな働きに参加させることである。それは考えることの疲労から「わたしたちを」休息させてくれるのである。

　とはいえ、笑いを誘うものの他の形についても同じことが言えるだろう。先に言ったことだが、おかしさの奥底には常に、安易な傾斜に沿って、たいていの場合それは習慣の傾斜であるが、そうした傾斜に沿って滑り落ちていくにまかせる傾向がある。そうなると、もはや自分が成員となっている社会に絶えず適応しようとしたり、適応し直そうとしたりといったことをしなくなる。生〔活〕に向けるべき注意を弛めるようになる。程度の差はあるものの緊張が緩んだ人に似てくる。意志の緊張が緩んでいるのだが、これは知性の緊張が緩んでいるのと同じか、それ以上のものである、ということをわたしは認める。それでもやはり、緊張の緩みであることに変わりなく、だから怠惰である。さきほど論理と縁を切ったのと同じように、ここでは礼儀作法と縁を切るのだ。要するに、勝手気ままに行動している人のようにみえてくるのである。ここでもまた、わたしたちが最初にする運動は怠惰への招きに応じることである。少なくとも一瞬のあいだ、わたしたちは勝手気ままな行動（jeu）に入り込む。それは生きることの疲労から「わたしたちを」休息させてくれるのである。

　けれども、わたしたちが休息するのは一瞬だけである。おかしさの印象に入れることのできる共感はほんの束の間の共感である。この共感もまた、緊張の緩みからやって来る。厳格な父親が、ときどき、うっかりして、子供のいたずらに加担しそうになりながら、すぐに思い止まってそれを修正するのもそうしたものだ。

笑いとは、何よりもまず、矯正である。屈辱を与えるためのものであるから、笑いはその対象となる人物に耐え難い印象を与えなければならない。社会は自らに対してとられた無遠慮な態度に笑いを通じて復讐するのだ。もし笑いが共感と善意の証印を担っていたら、自らの目的を達することはないだろう。

意図するところは少なくともよいものであるかもしれないとか、［また］愛しているから罰するということもあるとか、［また］笑いは、いくつかの欠点が外部に発現するのを抑制することで、わたしたちのより大きな善のために、このようにわたしたちを誘って、そうした欠点そのものを修正し、わたしたちを内部から改善していくのであるとか、言われることもなくはない。

この点については言うべきことがたくさんあるだろう。一般に、そして大ざっぱに言うと、笑いはたしかに有用な役目を果たしている。わたしたちの分析もそのすべてがそれを論証することをめざしていた。けれども、だからといって、笑いが常に的を射ているということにはならないし、笑いが好意的な考えから、あるいは公平な考えからさえも着想を得ているということにはならない。

常に的を射ているためには、笑いが反省の行為から生じるのでなければならないだろう。ところで、笑いは、自然によって、あるいはほとんど同じことになるが、社会生活のきわめて長い習慣によって、わたしたちのうちに組み立てられた機械仕掛けの効果に過ぎない。笑いは放っておいても発せられるものであり、まさに言葉の激しい応酬[34]である。笑いには自分の剣先がどこに当たっているかをいちいち確認する余裕はない。笑いはいくつかの欠点を懲戒するのだが、それは病気がいくつかの不摂生を懲戒するのとほとんど同じようなものである。罪なき人に襲いかかるのであり、罪ある人を見逃すのであり、全般的な結果を出そうとするのであり、個々の事例それぞれに敬意を払って別々に検証するのを認めることができないのである。意識的な反省に

34　原語は riposte (r) du tac au tac であり、直接的にはフェンシングの試合で剣と剣がぶつかり合うさまを表す。ベルクソンは笑いを生じさせる言葉のかけ合いにそれをなぞらえるのである。なおフェンシングへの直接的な言及は四四頁にみられ、また十九頁で言及される哲学者と笑いの問題の対決にもフェンシングでの攻防を彷彿させる動詞が連続して用いられていることを付記しておく。

よって行われる代わりに、自然な方途によって成し遂げられるものすべてについても事情は同じである。結果を総体としてみれば平均して公平さが現れているということはあるだろう。しかし個別の事例を詳細にみていくとそうではないだろう。

この意味で、笑いは絶対的に正しいものであるとはいえない。笑いは必ず善であるわけでもないということを繰り返しておこう。笑いの機能は屈辱を与えて脅かすことである。もし自然がそのために、人間のあいだで最良の人たちにおいても、意地の悪さを、あるいは少なくとも悪意をほんのわずかでも残しておかなかったとしたら、笑いはそうした機能をうまく果たせなかっただろう。もしかしたらこの点はあまり深く究明しないほうがいいのかもしれない。そうしたところで、わたしたちが大いに気をよくするようなものは何も見つからないと思われるからだ。わたしたちにわかることといえば、弛緩や伝播といった運動は笑いへの序曲でしかないということであり、笑う人はすぐに自分のうちに舞い戻り、程度の差はあれ誇らしげに自分自身を肯定し、他人の人格を自分が糸を握っている操り人形とみなす傾向があるということである。しかもこうした思い上がりのなかにわたしたちは少しばかりのエゴイズムをすぐさま見抜くだろうし、このエゴイズムそれ自身の背後に、もっと自発性に乏しく、もっと苦みの多い何ものかをすぐさま見抜くだろうし、何だかよくわからないペシミズムが生まれつつあるのをすぐさま見抜くだろう。[35]そのペシミズムは笑う人が自分の笑いに思案をめぐらすにつれてだんだんはっきりしてくるのである。

ここでも、他の場合と同じように、自然は善のために悪を利用したのだ。本書の研究の全体にわたってわたしたちの関心を占めてきたのは、とりわけ善である。そうしてわたしたちに見えてきたのは、社会が完全なものに近づいていくと、その成員により大きなしなやかさをもって適応することを求めるようになるということであり、社会がその根底においてだんだん均衡のとれたものになっていく傾向にあるということであり、社会がこれほど大きな集団になるとどうしてもついてまわる混乱をその表面からだんだん追い払っているということであり、笑いがそうしたうねりの形を強調す

35　ここには、ショーペンハウアーと並び、ボードレール「笑いの本質について、および一般に造形芸術における滑稽について」三〜六（『ボードレール批評1』所収、阿部良雄訳、ちくま学芸文庫、一九九九年、二二四－二四六頁）や、（やや強引だが）ニーチェ『善悪の彼岸』第九篇「高貴なものとは」二九〇〜二九六（中山元訳、光文社古典新訳文庫、二〇〇九年、四六一－四七〇頁）との共振が感じられるかもしれない。

ることで有用な役目を果たしているということである。

それをたとえて言えば、海の表面では波が休みなく相争っているが、底層には深い平穏がみてとられるようなものである。波は相互にぶつかり合い、邪魔し合い、均衡をとろうとする。白い、軽くてよく弾む泡が、そのさまざまに変化する輪郭をなぞっている。時折、流れ去る波がこの泡をほんの少し浜辺の砂の上に置いていく。近くで遊んでいる子供がやってきて、それを一握り掬い上げると、一瞬の後には、手のひらに数滴の水しか残っていないのに驚く。しかもその水は掬い取ったときの波の水と比べてはるかに塩辛く、またはるかに苦いのだ。笑いはこの泡のように生まれる。笑いは、社会生活の外面に、表層的な反乱が起こっていることを知らせるものである。笑いはその動揺の動く形を瞬時に描き出す。笑いはまた、塩を成分とする気泡でもある。笑いはその気泡のように、笑いは泡立つ。そこには陽気さがある。その気泡を拾い上げて味見をしようとする哲学者は、ときどき、その量がほんのわずかであっても、かなりの分量の苦みを味わうことがあるだろう。

第二十三版の付録

おかしさの諸定義について、そして本書が従っている方法について

『毎月評論』に載った興味深い論説のなかで、[*1]イヴ・ドゥラージュ氏は、わたしたちが措定したおかしさの観念に抗して、彼自身が熟慮の上で辿り着いた定義を立てている。彼が言うには「あるものがおかしさをもつためには、結果と原因の間に不調和があるのでなければならない。」ドゥラージュ氏をこの定義に導いた方法はおかしさの理論家たちの大半が従っている方法であるから、わたしたちの方法がどんな点でそれと異なっているかを示すのは無益ではないだろう。だからわたしたちは同誌に公表した応答の要点を再録しておくことにしよう。[*2]

「おかしさはひとつないしいくつかの一般的性格によって定義することができる。その性格は外面的に目にすることができるものであり、おかしさを生む効果をあちこ

ちから拾い集めれば出くわすことになるようなものである。この種の定義のいくつかのものは、アリストテレス以来、提案されてきている。わたしにはあなたの定義もこの方法によって得られたものであるようにみえる。つまり、あなたは円をひとつ描いた上で、無作為に取ってきたおかしさを生む効果がそのなかに含まれているということを示しているのだ。問題になっている性格は、洞察力の鋭い観察者によって書き留められたものである以上、たしかに、おかしさをもったものに属している。けれども、そうした性格には、おかしさをもっていないもののなかでも、しばしば出くわすことがあるのではないかとわたしは思うのである。あなたの定義は一般的にみて適用範囲が広すぎるだろう。それは――それだけでもすでに何がしかのものであることをわたしは認めるが――定義に関して論理が要請するもののひとつを満たしていないわけではない。つまり、何らかの必要条件を示したことにはなるだろう。とはいえ、採用された方法に鑑みると、あなたの定義が十分条件を与えることができるとは、わたしには思えない。その証拠として、こうした定義のいくつかのものは、同じことを言っていなくても、等しく受け入れることができる、ということが挙げられる。そしてとりわけ、こうした定義のどれひとつとして、わたしの知る限りで、定義されている対象を構築する手段、おかしさを作り出す手段を提供するものではないということが、その証拠として挙げられる。[*3]

「わたしはそれとまったく異なることを試みた。わたしは、喜劇、笑劇、道化師の技芸、等々のなかに、おかしさを作り出す手法を探し求めたのである。わたしは、そうした手法の数がもっと一般的な主題(テーマ)に基づいて引き出されてくる変奏(ヴァリエーション)の数と同じだけあるということを見つけたように思った。わたしはその主題を記譜(ノート)した。議論を単純化するためにである。けれども、重要なのは、何よりもその変奏のほうなのだ。いずれにせよ、主題は一般的な定義を提供するのであり、そうすると今度はその定義が構築の規則となる。ただし、このようにして得られた定義の適用範囲は、これとは別の方法で得られた定義の適用範囲が広すぎたのと同じように、一見したところでは、狭すぎるようにみえる恐れがあるだろうということ、これはわたしも認める。この定

＊1原注　『毎月評論』一九一九年八月十日。二十巻、二三七頁以下。
＊2原注　同右、一九一九年十一月十日。二十巻、五一四頁以下。
＊3原注　それに加え、こうした定義のいくつかにみられる不十分なところを、本書の多くの箇所で、手短に示しておいた。

義の適用範囲が狭すぎるようにみえるのは、本質的にそれ自身で笑いを誘うもの、その内的構造によって笑いを誘うもの以外にも、そうしたものに何かしら表面的に似ていることによって、あるいはそうしたものに似ていた別のものと何かしら偶然に繋がっていることによって、等々といったかたちで笑わせるたくさんの事物があるからだ。おかしさのめまぐるしい展開には限りがない。というのも、わたしたちは笑うことが好きだからであり、その口実がわたしたちにとってどんなものであってもよいからである。観念連合のメカニズムはここでは極端に複雑なものになっている。したがって、心理学者がこの方法でおかしさの研究に取り組むことになったり、絶えず再生してくる困難に抗して戦わなければならなくなったりして、おかしさをひとつの定式に閉じ込めてきっぱりこれと決着をつけることができなければ、どのような事実も説明していないという評判の立つ恐れがつきまとうだろう。この心理学者が反論として差し出された例に自分の理論を適用して、そうした例がおかしさをもったものとなるのはそれ自体としておかしさのあるものに似ていることによってであると証明したとしても、他の例が、それも次々と苦もなく見出されるだろう。したがって、この心理学者は常に労力を費やさなければならなくなるだろう。その反対に、この心理学者はおかしさを、程度の差はあれ大きく広がった円環に閉じ込めることをやめれば、しっかり捕まえたことになるだろう。この心理学者は、うまくやれば、おかしさを作り出す手段を与えたことになるだろう。学者の厳密さと正確さをもって事を運んだことになるだろう。学者というものは、事物にしかじかの付加形容詞をあてがったとして、その形容詞がどれほど的確であっても(事物に相応しい付加形容詞はいつもたくさん見出される)、その事物の認識に前進があったと考えたりしないものだ。必要なのは分析である。そして、再構成することができるとき、分析は完全になされたという確信がもてるのだ。わたしが試みた企てとはこのようなものである。

「付言しておくが、わたしは笑いを誘うものを作り出す手法を明確にしようとしたのと同時に、社会が笑うときにその意図はどんなものであるのかを探求したのである。というのも、人が笑うというのはきわめて驚くべきことであるからであり、わたしが先に語った説明方法はこの小さな神秘を解明してくれないからである。たとえば、なぜ「不調和」なるものが、不調和である限りにおいて、そこに居合わせた人たちに笑いといった独特な発現を引き起こすのに、それ以外にたくさんある特性は、美点にせよ欠点にせよ、それを目撃する人の顔の筋肉をまったく動かすことがないのか、わたしにはわからない。だからおかしさを生む効果を与える不調和の特殊な原因はどんなものであるかを探求する仕事が残されている。そしてその原因を本当に見出したことになるのは、そのような場合に、なぜ社会が笑いの発現を余儀なくさせられていると感じるのかを、その原因によって説明することができるときに限られるだろう。おかしさの原因のなかに社会生活をわずかながらも侵害する（それも独特の仕方で侵害する）何ものかがあるに違いない。というのは、社会はこれに対して、防衛的反応以外の何ものにも見えない身振りをもって、わずかながらも恐れを抱かせる身振りをもって応答するからだ。わたしが説明しようと思ったのは、こうしたことのすべてなのである。」

解説

増田靖彦

孤高の『笑い』

ベルクソンが生前に刊行した著作は八冊である。これを総体として眺めてみよう。まず目につくのが『意識に直接与えられたものについての試論』(以下、『試論』と略記。日本ではベルクソン公認の英訳タイトル *Time and Free Will* に由来する『時間と自由』のほうが馴染み深いかもしれない)、『物質と記憶』、『創造的進化』、『道徳と宗教の二源泉』である。これら四つの著作は〈四大主著〉として高峰をなし、ベルクソン哲学の独創性を余すところなく展開している。次に、そこで展開される哲学的主張——とりわけ『物質と記憶』と『創造的進化』のそれ——を簡潔に説明したり、傍証したり、あるいはそれらに通底する方法を呈示したりする小論や講演からなる論集である『精神のエネルギー』、『思考と動くもの』の二冊が見出される。残る著作は二つ。いずれも「彼の学説を特定の問題の研究に適用した小著」(ロビネ)とみなされることが少なくない著作である。ひとつはアインシュタインの相対性理論と対峙した『持続と同時性』であり、もうひとつは『笑い』、つまり本訳書である。

このうち、『持続と同時性』については、著者本人によって絶版にされた経緯がある以上、その理論的重要性はさておき、少なくとも形式的には、他の著作と同列に扱うのが難しい。フランスにおいても、『持続と同時性』だけが、すべての単行本を一冊にまとめた『著作集 *Œuvres*』から外され、その姉妹編で単行本未収録の小文や手紙などを編纂した『雑録集 *Mélanges*』に採録されている。こうした事情を踏まえると、ベルクソンの正規の著作における『笑い』の孤立した姿が浮き彫りになってくるように思われる。

実際、『笑い』の成立には他の著作と異なる特徴がある。それは、『試論』と『道徳と宗教の二源泉』を除くベルクソンの論文の大半が、単行本化に先立って『形而上学道徳雑誌 *Revue de métaphysique et de morale*』や『哲学雑誌 *Revue philosophique*』などの学術誌に掲載されているのに対し、『笑い』を構成する三つの論文が『パリ評論 *Revue de Paris*』という文学を中心に広く人文科学一般を対象とした媒体で発表されていることである。そして、それもあってであろうか、『笑い』の本論には注がまったく付されていない（本訳書の本論に付された注はすべて訳注である。ただし『パリ評論』に掲載されている文章のすべてに注が付されていないわけではないことも断っておく）。

もちろん単行本の序文にはベルクソン自身によって作成された研究文献一覧がみられる。だが、よほど慧眼な読者でもなければ、それらの文献が本論にどのように反映されているかを看破するのは困難だろう（そもそも『パリ評論』に初出の段階でその一覧を目にした者はいない）。さらに、可能な限り訳注で指摘したとはいえ、本論で明示されていないながらも暗黙のうちに援用されている先行研究や参照文献も少なくない。ベルクソンがそうした知識にある程度まで精通した読者を念頭に置いて執筆した可能性はたしかにあるだろう。しかし、だからといって、そうした知識がないと本論の理解に支障を来すような書き方をベルクソンがしているわけではない。やや穿った見方をすれば、ベルクソンの叙述はそうした知識をもたない読者にもその原本に接したいという欲望を喚起させる力をもっているように思われる。これを実感するには、本論で引用される喜劇のさまざまな場面や台詞を思い出してもらえばよい。わたしたちは、それらの喜劇を観賞したことがあればそれを反芻し、そうでなければ劇場に走りたいという誘惑に駆られないだろうか。折に触れて言及される文献についても事情は同様である。本論中に書誌が明記されている場合はもちろん、そうでない場合であっても、わたしたちは『笑い』の読書体験を通じて、いつのまにか原本の呼びかけに招き寄せられている自分に気づくはずである。

もっとも、その共鳴する／される先がベルクソン哲学そのものであると話は違ってくる。わたしたちはその実質を少しでもはっきりさせておかねばならない。しかしここに厄介な問題が立ちはだかる。それは、『笑い』からベルクソンの他の著作へ向けた参照がないばかりでなく、その逆の、ベルクソンの他の著作から『笑い』へ向けた参照もみられない、という事実である。あくまで見かけ上のことに過ぎないと言われればたしかにそうだ。『笑い』と他の著作に通底する思想的伏流が存在しないわけなどない。だが他方で、『笑い』に先行する『試論』や『物質と記憶』は後続する著作のなかで何度も明示的に引き合いに出されているのである。ここにみられる相違は決して小さくないだろう。

このように、『笑い』は、それ自体が自己完結した体裁をもっており、他の著作との類縁が判然としない著作である。ベルクソンの著作群のなかで異彩を放つ『笑い』の立ち位置、その孤高ぶり（！）は、この小著に対する著者自身の慎み深い態度とも相俟って、否応なしに際立っている。それはまるで倍音をもたない基音のようだ。したがって、わたしたちが担うべき役割は次のこと、すなわち、『笑い』の内容を精査してベルクソン哲学全体におけるその思想的布置を見極め、この著作と他の著作の潜在的な（virtuel）共鳴関係をできるだけ現働化する（actualiser）ことである。それはベルクソンの著作群のなかで最も版を重ねたこの著作に対し、それに相応しい身分を与えるための作業となるはずだ。

『笑い』の解釈

本訳書の内容に入ろう。真っ先に確認しておきたいのは、ベルクソンが旧序で断っているように、本訳書で検討される「笑い」が「おかしさ comique によって引き起こされる笑い」に限定されていることである。ここには、人間以外の生物や無機物が笑うのかどうかといった問いも含まれていなければ、異なる文化的背景をもった人たちのあいだにみられる笑いの相違といった問いも含まれていない。また、歓喜に溢れる笑い、悲しみの果ての笑い、絶望の極みの笑い、狂気に陥った笑いなど、笑い一般を主題とすることも回避されている。その理由をベルクソンは「理論的な討議や諸体系の批判を考察す」れば「わたしの主張はいっそう揺るぎないものになっていたかもしれない」が、「わたしの論述は途方もなく複雑なものになってしまい、また取り扱っている主題の重要さと釣り合いのとれない本になってしま」うことを恐れたからだと述べている。この説明に納得するか否かはともかく、本書は笑いに関する数ある主題のなかでも、もっぱら喜劇的なもの comique だけを取り上げることがここで宣言されているのである。これを見誤ってはならない。

この限定を受けて議論は開始される。ベルクソンはまず、おかしさとは優れてわたしたちの生と関わりをもつものだと言う。これが笑いの定義を念頭に置いた発言ではないことに注意が必要だ。そうではなく、この発言は「理論的定義よりもしなやかな何ものかを――長く親しい付き合いから生まれてくる認識と同じような、実践的で内密な認識を」企図している。これは、ベルクソン固有の言い回しを援用すれば、笑いの「ヴィジョン」を志向する哲学的態度、つまり認識の方法としての直観の表明と推測されうる。しかし、なぜベルクソンはこのような、哲学の議論に馴染んだ読者の気勢を削ぎかねない手続きをとるのか。それはひとえに、笑いの問題に取り組んできた先達と同じ轍(てつ)を踏まないようにするためにほかならない。ベルクソンは笑いについて考察する場そのものを刷新することで、この問題に従前とはまったく別の仕方でアプローチしようとするのである。

さて、笑いの問題に取り組むに当たり、ベルクソンはおかしさが生まれるポイントを三つに集約している。①人間的であること、②心を動かされないこと、③他人との接触が維持されていること、がそれである。まず、①は、笑いの対象が人間である場合はもちろん、人間でない場合であっても、わたしたちはそこに何らかの人間的なものを見出さないとおかしさは生じないということである（後者の例として、キックボクシングをするカンガルーや臀部に穴の開いたズボンをみてわたしたちが笑う場合を挙げておこう）。次に、②は、わたしたちがある出来事に遭遇したとき、それに対して何らかの感情を抱いてしまうと、おかしさは生じないということである。ある出来事をみて笑うためには、わたしたちはあくまでも傍観者、部外者として、その出来事に立ち会うのでなければならない（わたしたちは、よそ見をしながら歩いていて電柱にぶつかった人をみたとき、それが見知らぬ人であれば失笑するかもしれないが、親しい人であれば怪我の心配をするだろう）。最後に、③は、笑いがおかしさによって引き起こされるものであるなら、そこには必ず集団性がみられるということである。おかしさが笑いを引き起こすためには、それが一定の大きさの輪を形成していなければならない。逆から言えば、笑いには何らかの仲間意識に基づく「共犯関係」が伴うのであって、その限りで常に社会的性質をもっているのである。「おかしさによって引き起こされる笑い」は人が孤立したところでは決して生じないのだ。

*　*　*

これらのポイントを踏まえつつ、ベルクソンは笑いが起こる理由の探究へ進んでいく。そこから導き出されるのが、自然な柔軟性（しなやかさ）のなかに出現する機械的な硬直性（こわばり）、という現象だ。どういうことか。ベルクソンによれば、人間には外界への可塑的な対応能力が本来的に備わっている。なぜなら、自らが置かれた情況に即してそのつど臨機応変に対処することができないと生存が脅かされるからだ。しかし、その能力が何らかの事情によって十全に発揮されないとき、わたしたちは周囲の情況を適切に知覚できず、あるいは適切に知覚していても有用な反応を返すことができず、惰性的に行動して失敗を招くことがある。周囲の情況は絶えず変わっているのに、それを一向に加味しないで、従前と同じように対応してしまうのだ。そして、そうして失敗した人を目の当たりにするとわたしたちは笑う、とベルクソンは述べるのである。

このとき、何らかの事情に相当するものとしてベルクソンが取り上げるのが「緊張の緩み distraction」だ。緊張の緩みとは、別のことに気を取られてぼんやりしていること、夢想に耽るなど自分のうちに閉じこもって外的現実に気が回らないこと、出来事の急な展開に対応が追いつかずに、あるいはついうっかりして失態を演じることなどを指す。これらは総じて「注意深さ attention」を欠いた状態といえるだろう。先述したように、そうした状態にあるとき、わたしたちは自らが直面する事柄の個別性に配慮することなく、ひたすらお仕着せの仕方でそれを処理しようとする。そこに感情の働く余地はない。あるのは自動的な作用だけだ。あたかも職人による手作業が工場での流れ作業に取って代わられるかのように、特異なものは一般的なものへ還元される。ベルクソンは笑いの本質と機能をこうした還元のプロセスに見出すのである。

たとえば、ある人の顔つきや身体的形姿にみられる特徴を、純粋にその人に固有なものとして捉えるのではなく、何らかの一般的基準を想定した上で、そこからの逸脱とみなすと、その乖離がおかしさを生じさせる（形のおかしさ）。人物の戯画や諷刺画はそれを極端にしたものであり、その不自然さがおかしさを増幅させる。また、ある人の動作がぎこちないとき、それをその人の個性ではなく、誰かに操られているとか、機械仕掛けで動いているなどとみなすと、そこからおかしさが生じてくる（動きのおかしさ）。ただしこのとき、当該の不自然さが自然から完全に分離されていたり、当該の動作が完全に自動的であったりしてはならない。そうなると人為や機械そのものが再現されることになるため、それをみてわたしたちが慨嘆したり賞賛したりすることはあっても、笑うことはなくなるからだ。おかしさが生じるには、人工物や自動作用を通して、あるいはその背後に、生きて、い、る、も、の、が透けて見えなければならないのである。

この意味で笑いには機械による生の模倣という影がつきまとう。この模倣には個性の縮減（人格の非人称化）はもとより、出来事の複数性および繰り返しの効果も必要である。というのも、もしそうでなければ、笑いの源泉である（生と機械のあいだの）同一性と差異の同時発生が見出しがたくなるからだ。それだけではない。笑いは集団的なものとして成立する以上、この同時発生の認識は個人でなく社会全体で、少なくともある一定の集団内で厳密に共有されなければならない。つまり、笑いには個人の妄想や趣味の次元にとどまらない、社会全体に通底する何らかの論理がなければならないのである。厄介なのは、そうした認識や論理が往々にして不条理を含むということだ。笑いにまつわる微妙な、しかし決して無視しえない形而上学的問題がここに生起してくる。

ともあれ、優れて個別的判断に委ねられるべき笑いの根底には、ある種の普遍的妥当性が横たわっている。しかもそこでは理性の論理と異なる論理が働いている。ベルクソンによれば、それは社会全体がひとつの夢を、覚醒時にはその展開がとうてい理解できない夢を一緒にみることを裏打ちしてくれるような論理だ。笑いに潜むこうした論理をベルクソンは想像力の論理と呼ぶ。論理と（一見したところでは）非論理的なものを、また個人的意識と社会的意識を区別しながらも無媒介に接合するわたしたちの認識能力としての想像力。「おかしさの意味についての試論」は、もっぱらこの能力をめぐり、おかしさの源泉に可能な限り接近していくという仕方で探究を続けていくことになる。

その際、指標とされるのが「生に重ね合わされた機械仕掛け」、「自然のなかに押し込まれた機械仕掛け」という主題だ。ベルクソンは、モリエールやレニャールといった古典喜劇から自らと同時代のラビッシュやゴンディネなどの喜劇にいたるまで、さまざまな喜劇の場面を縦横無尽に参照しながら、人間的なものの機械的なものへの置き換えがわたしたちを笑いに誘う仕方について検証していく。その作業を通じて導き出されるのが、自動作用となって現れる身体の硬直性は生きている身体の柔軟性を遡行的かつ逆説的に呈示する、という視点である。ベルクソンによれば、この視点の獲得によってわたしたちは身体を貫く非物質的な「生命の炎」を垣間見ることができるようになる。そしてそうした認識を可能にする働きこそ想像力にほかならない。想像力の働きが発揮された最たるものは言うまでもなく偉大な芸術作品であるが、笑いもまた、その限りで、それに連なる価値を有するのである。

＊　＊　＊

これまでの議論をいったんまとめよう。笑いは生（人間的なもの）と機械（自動作用）のあいだにみられる、区別されながらも分離されない関係を想像力が捉えることによって起こる。そして笑いには個別的事柄が集団的価値に通じる線が描かれているのだから、芸術（作品）の創造（行為）と密接なつながりがある。言い換えれば、笑いも芸術もわたしたちを日常性から解き放ち、普段は（知覚しながらも）気づいていなかったことに気づかせるという点では類似した働きをもっている、ということだ。ただし、芸術が個別性に根ざす普遍性を正面から追求するのに対し、笑いはそれを瞥見するものの迂回しながら漸近するという手法の違いがみられる。

　第一章では、笑いがもっぱら身体的なもの（形姿や動作）を通じて精神的なものの本質（生）を垣間見させるのに役立つことが明らかにされる。笑いには、それが本義でないにせよ、身心のずれを浮き彫りにすることで、わたしたちの存在論的実質を露呈させる効果があるのだ。続く第二章では、情況のおかしさと言葉のおかしさが取り上げられる。前者は依然として身体的なものを考察しているとはいえ、もはや形姿や動作それ自体におかしさを求めているのではない。そうではなく、その繰り返し（ベルクソンはこれをバネに喩えている）がわたしたちの精神のうちにおかしさを生み出すことのほうに焦点が当てられている。これと同じ原理を脚本というより非物質的なものにあてはめたのが後者である。そこでは、それ自体としては必ずしも面白くない台詞の繰り返しがわたしたちの精神のうちにおかしさを生み出す効果について考察されている。ときには登場人物による言葉のかけ合いに観客であるわたしたちも潜在的に参加させられ（ベルクソンはこれを操り人形に喩えている）、そうして形成される（言葉と情況からなる二重の）反復的入れ子構造が笑いの効果を増大させることもある。さらに、情況のおかしさや言葉のおかしさの連鎖が速度を増し、規模を大きくしていき、最終的に思いもよらぬ出来事に発展することがある（ベルクソンはこれを雪だるま式の膨張に喩えている）。それが直線的に結末へ進むのではなく円環状にめぐって元の地点に回帰するのであれば、笑いの効果はいっそう高まるだろう。

しかし、ベルクソンはここで、笑いの効果に幻惑されて笑いの本質を見失ってはならないと釘を刺す。たしかに笑いの効果はおかしさの原因と結果の不均衡によって高められるかもしれない。しかしそれは笑いの本質を突き止めるものではないだろう。なぜなら、いずれの笑いにも、その背後には、生きているものに被せられた機械のヴェールという発想が、機械仕掛けや自動作用による生の模倣という主題が潜んでいるのであって、そこにみられる同一性と差異の同時発生がおかしさを生じさせていることに変わりはないからである。こうしてベルクソンは生（自然）と機械の対比を、①様相の連続的変化／繰り返し、②諸現象の不可逆性（反転不可能な進展）／ひっくり返し、③系列の完全な個別性（分割不可能な統一）／系列間の相互交渉の三点に集約し、さまざまな喜劇の場面を援用しながらそれぞれの事例について検証を重ねていく。この三点はいずれも情況のおかしさに分類される手法だが、重要なのは、機械の性質を通じて生の本質が垣間見られるからこそ、つまり想像力によって生と機械のずれが（ずれたまま）接合されるからこそおかしさが生じる、というベルクソンの一貫した論点である。

これに対して、言葉のおかしさは、言葉によって表現されるおかしさと、言葉によって創作されるおかしさに二分される。平たく言えば、前者は他の言語に翻訳してもある程度までおかしさが維持されて笑いが起こりうるものであり、後者はおかしさが当該の言語の構造に立脚しているために翻訳されると笑いが失われてしまうものである。この違いを念頭に置きつつ、ベルクソンは言葉が笑いを誘うとき、それがおかしさによるのか、それとも機知によるのかの違いに目を向ける。というのも、一般に、おかしさはその言葉を口にした当人が聞き手に笑われるのに対し、機知はその場に居合わせない第三者を笑ったり、その言葉を口にした当人が自らを笑ったりする場合を指すとされているが、ベルクソンはそうした区別に異議を唱えたいからである。

ベルクソンによれば、機知に富んだ言葉を口にする人はおのれの人格から離脱することがない。この人は優れて知性の人であって、詩人にしばしばみられるような忘我の境地に陥ることがないのだ。この限りで、つまり論理的思考を突き詰めて「言語の罠」――単なる揚げ足取りから、言語と共犯関係にある非言語的なものの露呈まで――をあからさまにする限りで、機知に富んだ人の言葉は笑いを誘う喜劇に馴染む側面がある、とベルクソンは言う。そしてここから、おかしさと機知の違いは、前者が事後的に、後者が準備的に、という時間的傾向に存するだけで、両者のあいだに本質的な違いはないと主張するのである。

機知の分析を挿入することで、ベルクソンは機知を言葉のおかしさの一環と捉えるのみならず、言葉のおかしさにも、形のおかしさや動きのおかしさ（第一章）、そして情況のおかしさ（第二章前半）と同じ主題がみられることの手掛かりを得る。その主題とは、もはや繰り返すまでもないが、笑いは、生が機械的なものに転化しながらもそれを通して生そのものが透けて見えるときに起こる、という発想である。たとえば、慣用表現や決まりきった言い回しの一部に、あるいは三段論法の一節に、そこにそぐわない不条理な単語や文章を挿入するとおかしさが生じる（〈禁煙禁止〉と書かれた看板など）。また、比喩的に用いられた表現を本義的に理解するふりをしてもおかしさが生じる（〈うるさい相撲を取る〉力士など）。情況のおかしさを考察した際に取り上げられた三つの命題についても事情は同様である（その例については本訳書の叙述を参照されたい）。

ここでも忘れてならないのは、言葉のおかしさの背後で働く思考の生である。わたしたちがある表現やある言い回しを耳にして笑いに誘われるとき、その参照元がひそかに想起されているのでなければならないし、その表現や言い回しが曲がりなりにも（論理と非論理的なものの境界線で）意味をなしているのでなければならない。つまり、当の表現や言い回しとその参照元とのあいだのずれを通じて、生が機械的なものに転化されてもそこから生が透けて見えなければ、笑いは起こりえないのである。ベルクソンは、これが最も洗練されたかたちであらわれたものとして移調のおかしさを挙げている。移調のおかしさとは、言葉のある調子を別の調子に移すことで笑いを誘う手法で、具体的にはパロディ、ユーモア、アイロニーなどを指す。それぞれの例についてはやはり本訳書の叙述に譲るとして、ここでは移調のおかしさに暗示やリズムといった音楽的要素になぞらえた効果が見出されていることを指摘するにとどめよう。

このことの意味は次節でベルクソン哲学に占める『笑い』の思想的位置を考察する際にあらためて取り上げるつもりである。

＊　＊　＊

ベルクソンによれば、言葉のおかしさは情況のおかしさと連動することが多い。なぜなら、ある表現やある言い回しが笑いを誘うかどうかは、それが発せられる情況に依存することも少なくないからだ。たとえば、金融取引の用語が株式を売買する場で連発されてもおかしさは生じないが、ある男女の結婚の是非を相談する場で頻出するとおかしさが生じる、といったように。また他方で、言葉のおかしさが生じるかどうかは、人間の精神的部分の雛型（常識や慣習など）に照らした上で、そこからどれくらい逸脱しているかに依存するところもある。とりわけユーモアやアイロニーにその傾向が強い。この限りで、言葉のおかしさは性格のおかしさとも関連づけることができる。

ところで、言葉のおかしさにみられるこの後者の非物質的側面は、精神の自動作用に対する自由な活動の余地を、わたしたちの人格／人称性との関係で考察するための手掛かりとなるだろう。ベルクソンはこうした観点から、緊張の緩みがわたしたちにもたらすポジティヴな可能性を展望しようともくろむ。その出発点として呈示されるのが、芸術（作品）の創造（行為）と笑い——とりわけ性格のおかしさに由来する笑い——とのあいだの認識論的類似性である。

もちろん、わたしたちは「緊張の緩み」から「注意深さ」を取り戻し、忘我や夢想に近い状態から日常性を回復し、社会生活を円滑に送ることができるようにする知性的な効果を担うのが笑いの役割と規定されていたことを承知している。それゆえ、性格のおかしさを考察する第三章を、ベルクソンは「おかしさの両義的な性格」の指摘から始めている。それは、笑いをもたらすおかしさが日常生活に復帰することだけを目的とするのでもなければ、芸術に寄与することだけを目的にするのでもなく、両者の中間に位置することを明示する、という企図をもつ。笑いは、それが快楽である以上、何かしら美的なものを求めているのは間違いない。だがそれだけでなく、笑いには底意が混じっている場合もある。わたしたちが他人の短所について笑うばかりか、長所についてさえ笑うことがあるのもそのためであると考えられるし、笑いが快楽だけでなく苦痛を伴うことがあるのも間違いなくそのためだ。

言い換えれば、笑いには善にも悪にも通じる効果がある。ベルクソンはその理由を、性格のおかしさのねらいが他人の性格の非道徳性よりも非社会性のほうに向けられていることに求める。わたしたちが笑いに誘われるのは、他人の発言が不適切であるからではなく、他人の発言に心を動かされないからであり、他人の発言への共感を回避して知性的に対処できるからである、というわけだ。性格のおかしさが成立するためには、たとえある登場人物が社会的正義を訴えても、観客がそれを（内心においてすら）賛美してはならない。それとは逆に、この人物の主張を観客から孤立させるよう仕向けなければならない。そのためには、これまでに考察したおかしさの技法とは異なる、より複雑な技法が必要になってくるだろう。というのも、それは登場人物と観客の心情を乖離させるにとどまらない、登場人物の心情だけでなく観客の心情をも硬直させる技法（たとえば、国王の不正を糾弾したために極刑を余儀なくされる主人公に対して、周囲の登場人物はもちろん、観客も同情しないよう仕向ける、といったように）でなければならないからだ。

そうした場面を悲劇やドラマに仕立てるのはたやすい。しかし喜劇に仕立てるのは難しいだろう。ベルクソンはそのための技法として、観客の注意を登場人物の行為にではなく身振りに向けることを挙げている。行為はその人物をかり立てる意志や感情から切り離せないが、身振りは無意識的かつ無意味になされ、また習慣に似て自動的な側面も強い、というのがその理由だ。さらに、ある人物が道徳的な観点から相手を非難したにもかかわらず、その直後に自分が相手と同じことを繰り返すという技法も挙げている。こちらは自己および周囲への注意の欠如に基づいているから、注意深さを失って緊張が緩んだ状態のヴァリエーションとみてよいだろう。要するに、性格のおかしさにおいても、生きているものに被せられた機械のヴェール、というベルクソンの観点は有効なのである。従前と違うのは、ここではそれが登場人物の性格を類型化してお仕着せのものとして呈示されるということに過ぎない。

＊　＊　＊

ところで、ベルクソンによれば、これまでに取り上げたおかしさに共通する命題の特徴はすべて喜劇の表題に反映されている。どういうことか。喜劇の表題は個人を表すもの（固有名）ではなく、ある種の人間の性質一般を示すもの（普通名詞の複数形や集合名詞）が多い。もちろん固有名が採用されている場合もあるが、その場合でもその人物の特異性を際立たせるよりはその人物が体現する人間性を類型化するほうに寄与しており、喜劇の人物はよく観察するとおしなべて非人称的なのである。これは喜劇の創作に当たって人間の外的観察が重要なことと無縁ではない。喜劇に必要なのは、人間の内面に入り込み、それを抉り出す努力ではない。その反対に、そうした努力が看過しがちな人間の非意識的側面からふとしたはずみに滲み出る人間性の描写である。ベルクソンが「共通な特異性」と呼ぶこの領野を意識的に明るみに出すこと、言い換えれば、日常生活を送るための功利性に片方の足を突っ込ませたまま、その功利性に遮られて見えなくなっているわたしたち自身、それもわたしたちが気づいていないわたしたち自身へもう片方の足を踏み入れさせること、これが喜劇を創作する秘訣にほかならない。

　喜劇の特徴は、日常生活に立脚しながらもそこに埋没せず、日常生活から超出しながらもそこから離脱してしまわないところにある。この中間的様態――ベルクソンは喜劇を純粋芸術と日常生活の中間／境界線上に位置づけている――は喜劇の場面にさまざまな二重性となって現れる。たとえば、おかしさが生じるためには、主人公の性格は誰にでもみられる表層的なもの（一般性）であるとともに、当人を根底から規定する人格性でなければならない。また、それが及ぼす影響は主人公にとっては快楽でも、周囲の人物にとっては苦痛でなければならない。さらに、その苦痛は些細なものでありながらも、絶えず降りかかってくるのでなければならない。そして最後に、そうしたことすべては主人公には意識されていないとともに、観客を含む他のすべての人には意識されていなければならない。要するに、あたかも正反対の二つの極のあいだを往還する複数の振り子のような運動が喜劇では展開されているのである。

そしてこのとき、観客であるわたしたちは、この二重性を、この往還運動を、主人公と自分のあいだにだけではなく、自分自身のうちにもひそかに感じている。もしそうでなければ、わたしたちは笑うはずなどあるまい。喜劇の主人公を笑うためには、わたしたちは他の登場人物と違って主人公と完全に断絶していてはならず、わたしたち自身を「ほんのわずかの間でもその人物の立場に身を置」いて、自分も主人公と同じように発言し、同じように行動することがあるかもしれない、とどこかで思っているのでなければならない。何らかの次元でそうした自我と自我の内的通底があるからこそ、わたしたちは逆説的にも、劇場で自分が主人公の部外者であることに安心して笑うことができるのである。このことは、裏を返せば、わたしたちが笑いを通じて、自我はもともと自己同一的なものではないのではないか、自我もまた「系列間の相互交渉」から形成された産物ではないかという考えに頭をめぐらす契機となるだろう。わたしたちが「自分でも知らない人格的様相が、自分自身でも気づいていない自分の側面がその人物にある」ことに気づくのは、喜劇の主人公においてだけでなく、わたしたち自身においてでもあるのだ。

＊　＊　＊

ここで、次のような疑問が抱かれるかもしれない。すなわち、ベルクソンはおかしさが生まれるポイントのひとつを他人に対する無感動に、つまり他人に心を動かされないことに求めていたはずなのに、この文脈ではそれを、ほかでもない他人への共感に求めているのではないか、という疑問だ。これは厄介な疑問である。この疑問を解決するためには、ベルクソン哲学における人間的なものないし個人的なものと、人格的なものとの——こう言ってよければ——存在論的差異の問題に取り組む必要がある。これはベルクソン哲学全体の根幹に関わる重要な問題のひとつだ。したがってその検討は次節であらためて行うこととして、ひとまず笑いの解釈に戻りたい。

＊　＊　＊

先にみたように、笑いは緊張の緩みを通じた自己と他者の微妙な離接感から生み出されるのだが、それと同時に、笑いはわたしたちの緊張の緩みをリセットする効果をもつ。わたしたちは笑うことによって観念の自由な結合（不条理の外観を呈する）を促す想像力のスイッチを切り、理性の支配する日常性に立ち戻るのだ（自己同一性の回復）。わたしたちは自らのうちに潜む喜劇の主人公と通底する部分から目を背け、自らが形成しつつあったこの主人公と結びつく回路の電流を遮断することで、この人と自分は関係ないとうそぶくのである。ベルクソンが「笑いの機能は屈辱を与えて脅かすことである」と言い、「笑う人はすぐに自分のうちに舞い戻り、程度の差はあれ誇らしげに自分自身を肯定し、他人の人格を自分が糸を握っている操り人形とみなす傾向がある」と述べるのも、わたしたちのとるこうしたいささか身勝手な態度を追及してのことであると思われる。

だがその身勝手さからくる後ろめたさを、ほかならぬわたしたち自身は自らのうちにひそかに感じているのではないだろうか。わたしたちはひとしきり笑った後、ふと我に返ってどこか醒めた自分がいるのに気づくことがないだろうか。ベルクソンはそれを見逃さない。笑いにはエゴイズムと表裏一体になったペシミズムがあるのだ。そしてそれが笑いの冷めた部分、笑いに苦みが含まれる要因なのだろう。

この意味で、つまり、緊張の緩みによってもたらされながらもわたしたちに反省を迫る限りで、笑いは極めて両義的な現象である、といってよい。そしてこの両義性こそ、ベルクソンが笑いの探究に誘われた本当の理由であったのかもしれない。

ベルクソン哲学に占める『笑い』の思想的位置

さて、こうした解釈を踏まえると、孤高の存在に思われた『笑い』が、実はベルクソン哲学の問題構成に寄り添った議論を展開していることに気づかされるのではないだろうか。いささか性急かつ積極的な読解に過ぎるとの謗り(そし)を受ける覚悟の上で、その含意を粗描しておこう。

まず、ベルクソンがおかしさによって引き起こされる笑いを自然の柔軟性(しなやかさ)に取って代わる機械的な硬直性(こわばり)と捉え、そこに生の自由な活動の自動作用への縮減をみてとっているところに注目したい。ここには『試論』における純粋持続およびその発露としての自由な行為の導出を念頭に置いた上で、いわばそのネガの議論を展開している側面がみてとれなくもない。

『試論』の骨子は、さまざまな心の状態の再検証を通して、わたしたちの生きる時間の本質を、相互外在的で計測可能な量的経過(時計の時間)ではなく、有機的に相互浸透した質的変化の継起(純粋持続)に見出し、行為における自由の有無を行為者の純粋持続が行為に反映されている度合いの問題として解決することにあった。それに対して『笑い』では、こうした議論の流れとは真逆の展開に、すなわち純粋持続が(その派生形態である)時計の時間と化して行為の自由が失われるプロセス(機械化)に、笑いの生起する瞬間が位置づけられているように思われるのである。

次に、生の只中に機械が闖入する契機としてベルクソンが掲げる「緊張の緩み」は、自らの知覚した情況への適切な反応を妨げる効果をもつ限りで、『物質と記憶』で導入されたイマージュ論、とりわけ「生への注意」を裏返した発想という性格を帯びているだろう。

イマージュとは、わたしたちを含むすべての存在を、事物と表象に分離される前の状態、つまり哲学的議論に塗れる前の状態で認識するために導入されたタームである。ベルクソンによれば、イマージュは当初、作用と反作用の機械的反復からなる物質的世界なのだが、やがて両者のあいだに間（情動）としての身体が浮き彫りになり、それとともに意識が芽生えてくる。これは知覚される刺激（作用）に適切な行動（反作用）を返すことで生の存続という個体の要請に応えるためにほかならない。この弁別作用が「生への注意」と呼ばれる。したがって、「生への注意」がうまく機能しないとわたしたちの生存は危機に晒されるわけだが、笑いとは、わたしたちがそうした情況に陥ることで生起する現象といえなくもないのである（ただし「緊張の緩み」の対項が「生への注意」ということではない。対項に相当するのは「注意深さ」であり、この「注意深さ」には、後述するベルクソン的な直観という認識論的位相も含まれる）。

また、さまざまなおかしさ（形、動き、情況、言葉、性格など）の内実を検討するにつれて、ベルクソンは笑いの比重を身体的なものから精神的なものへ移行させていくのだが、それとともに、笑いの生起が身体的なものの硬直性よりも、身体的なものと、身体的なものを貫く精神的なものとのあいだの齟齬のほうに求められるようになってくる。

こうした問題設定の移行は『創造的進化』の〈砂糖水の比喩〉を連想させるように思われる。周知のように、この比喩は砂糖水をつくるには砂糖が水に溶けるのを待たねばならないという事実から、物質的世界にも純粋持続とは異なるものの固有の時間が流れていることを証示するために引き合いに出されたものだ。ベルクソンはこれを敷衍して、あらゆる生命体は心的実在と物的実在の有機的結合からなる時間存在であると主張し、その実質を物質が「生の躍動」という進化を駆動する推進力に貫かれることに見出す。生の躍動と物質との接触にさまざまなパターンがあるのはたしかだ。けれども、それらが揃って類似の形態と機能を具現化している事実（たとえば、軟体動物と脊椎動物のそれぞれにおける視覚器官の発生）は、進化にひとつの主体的な流れがあることを示唆しているだろう。やや穿ち過ぎかもしれないが、こうした発想には、身体的なものと精神的なもののさまざまな齟齬が笑いという同じ現象に帰結する事実を踏まえているところもある、と受け取れなくもない。

さらに、笑いを常識や慣習からの逸脱／解放に触発された現象と捉えながらも、そのなかに社会生活を維持するために日常性へ立ち戻る（ある種の解毒剤のような）効能をみてとるところ、すなわち、笑う行為に人格的自由の間欠的噴出（社会の枠組みを内破する力）と社会的規範への復帰（社会の枠組みを固守する力）という相反する二重の働きをみてとるところからは、『道徳と宗教の二源泉』で考察される道徳と社会の可塑性が遠望できるように思われる。

笑いによる規範の攪乱と社会の不安定状態の創出は、規範の復旧と社会の安定性の回復と一体になっているとはいえ、現行の社会やその規範である道徳が決して不変のものではない事実をあからさまにする。それは道徳や社会が変革可能なものであることをわたしたちに暗示してくれるのだ。このとき、変革の実現を主導する役割を担うのは、笑いの瞬間に感じられる次元、すなわち、笑う者と笑われる者に内在しかつ両者を超出する人格性（その詳細については後述する）をおいてほかにあるまい。

これは「開いたもの」と「閉じたもの」という対項を基軸に展開される『道徳と宗教の二源泉』の議論を予見させはしないだろうか。そこでは、道徳（および宗教）と社会が「閉じたもの」と「開いたもの」という視点から紐解かれ、「閉じたもの」はわたしたちに対して責務や義務といった圧力をかけることで現状維持を図るのに対し、「開いたもの」は特権的な個人〈神秘家〉を介して顕現する、個人に内在しながらも個人を超出した人格〈神〉の魅力にわたしたちが引きつけられて現状打破を企てる、といわれている。ここに『笑い』の理論的枠組みの発展的形態をみてとることは不可能ではないだろう。その傍証として、この優れて形而上学的な次元を考察する際、それをあらわすイメージとして、ベルクソンが二つの著作でいずれも〈舞踏の比喩〉——通りすがりの人が惹き寄せられるようにして舞踏に加わる——を採用している事実を挙げておく。これは決して偶然の一致ではないのではないか。

* * *

しかしながら、『笑い』の最も重要な功績は、ベルクソン哲学全体に通底する直観理論の原基的形態を素描したことにあると思われる。もっぱら芸術論の体裁をとって展開される——一読すればわかるように、『笑い』は間欠的に芸術〈論〉に言及している——この理論の概要を、先にも増して冒険的な読解となるのを恐れず、簡潔に再構成してみたい。

これまで確認してきたことであるが、おかしさによって引き起こされる笑いは、笑う側と笑われる側の「緊張の緩み」の同時的知覚の同一的解釈に基づく集団的行為として現れる。したがって、笑う側と笑われる側のあいだには、あるいは少なくとも笑う側の各人のあいだには、何らかの共振が介在することになる。この共振は「生への注意」という一般的場面から（半ば）離脱した局面における各個別的知覚の合致を意味するから、すなわち、認識の客観的妥当性が担保されない次元の出来事であるから、優れて主観的（または形而上学的）なものといえるだろう。ベルクソンが共振の実態に迫るにあたり、分析的方法に依拠した論理的証明という推論ではなく、脚韻やリフレインによる音楽的効果、さらには身体を貫く精神（生命の炎）の暗示という想像力に訴えるのは、共振が形式的論理を逸脱した場面で作動するからにほかならない――より精確には、ひそかに「生への注意」による制約を被った上で成立している形式的論理とは違った（非論理的なものを排除する形式的論理とは異なり、非論理的なものにも開かれた）超‐論理的な生の論理に共振が基づいているからにほかならない。そしてそのような仕方で、つまり主観的普遍性を追求し、その物質化をめざす限りで、笑いには芸術（作品）の創造（行為）と相通じるところがある、とベルクソンは考えるのである。

ベルクソンによれば、芸術の特質はわたしたちを生の功利的側面から解放し、生の直接的経験に接近させるところにある。芸術家は事物をわたしたちのためや自分のために知覚するのではない。そうではなく、ひたすら事物のために知覚する。たとえば、テーブルの上にあるリンゴは、画家の眼には、果物の一種や空腹を満たす食物としてではなく、あくまでもリンゴという実在として映る。いや、リンゴという名称さえ、画家にとっては不要かもしれない。というのも、このとき画家が直面しているのは、純然たる実在——より精確には、実在の直接的なヴィジョン——にほかならないからだ。そして、そのようなヴィジョンをもつからこそ、画家は、わたしたちが知覚していい、い、い、るにもかかわらずそれに気づいていないものを見ることができるのであり、作品を通じてそれをわたしたちに見させてくれるのである。だとすれば、芸術の創造とは、芸術家が自らの経験を通じて生そのものの奔流に触れる行為であり、鑑賞者がその物質化としての作品を通じて芸術家の経験に共感を呼び起こされる行為ということになるだろう。

この発想はそのまま直観理論に敷衍される。『笑い』の三年後に公表され、哲学的方法としての直観を確立したとされる小論「形而上学入門」では、事物の認識が相対的なものである分析と絶対的なものである直観とに二分された上で、後者の特徴が事物のうちに入ること、すなわち、事物の内部に心の状態のようなものを認めて共感し、想像力を尽くしてその状態に浸ることとされている。それは事物の部分的認識（分析）から全体を再構成することではなく、全体を不可分のものとして、その本質を内なるヴィジョン（直観の原義）として把握することをめざす。

直観を実行するに当たり、ベルクソンは講演「哲学的直観」（一九一一年）において、抽象力に優れた概念の展開に頼らず、曖昧にみえても具体的なイメージにとどまることが重要だと説いている。推論を重ねて精緻化された概念よりも単純で素朴なイメージのほうが原初的経験に近いため、それを媒介にしたほうが直観に近づきやすいというのがもっぱらの理由だ。直観は世界を満たす物質と生がわたしたちのうちも満たしており、あらゆる事物のうちに働く力がわたしたちのうちにも働いていることをあらためて感じさせてくれる。「変化の知覚」（一九一一年）第一講義で言及されているように、コローやターナーの風景画を前にしてわたしたちが体験するのは、そうしたことにほかならない（ただし、同第二講義の最後に、ベルクソンは芸術的直観よりも哲学的直観のほうを称揚していることを付記しておく）。

　芸術に対するスタンスがこうしたものであるなら（実際、ベルクソンは「変化の知覚」第一講義でコローやターナーに触れた直後に、芸術家を「生の実利的で物質的な側面」に関心をもたない、「本来の意味で、緊張の緩んだ人」と述べている）、ベルクソンがそこから導き出される（個別的な生からの離脱と普遍的な生への接近という）二重の働きのうちに笑いのそれと類似する位相を垣間見ても決して不思議はないだろう。笑いにおいても芸術においても、その発端は日常生活からの脱却に見出され、その効果はまず創作者と生そのものの、次いで創作者と鑑賞者の、さらに創作者を介した鑑賞者と生そのものの共感から発生するとみなされており、後者の共感は各個別的知覚の合致に、その合致の根拠は生に内在する主観的普遍性に求められている。ただし、笑いと芸術のあいだには相違もある。先述したように、芸術とは異なり、笑いは瞬間的なものにとどまることが多い。わたしたちは笑うことによって、むしろ「生への注意」を急いで取り戻し、既存の社会的秩序の枠組みに収まり直す方向へ踵（きびす）を返すのだから。

＊　＊　＊

とはいえ、少なくとも笑う瞬間には、芸術の場合と同じく、個別的な者同士であるわたしたちのあいだには、明らかに日常性とは違うレヴェルで共振が生起している。ではそれはいったいどんな状態なのだろうか。

すぐに思い浮かぶのは、わたしたちがこのとき、我を忘れて笑いの対象に没入しているということだ。しかしベルクソンによれば、それだけでは十分でない。わたしたちが笑うためにはその対象との隔たりが維持されなければならない。いやむしろ、隔たりが維持されるからこそわたしたちは笑いの対象に近づくことができる、と言ったほうがよいかもしれない。笑いの瞬間に起こっているのは、接近と離隔という逆方向の二重の運動であり、自分と他者の分離と接触の同時的実現である。だが、もしそうだとすれば、わたしたちが笑いを通じて他者と共振するとき、すなわち、わたしたちが他者のうちに自分を投射し、他者に自分と同じ傾向を見出すことで、他者と自分が合致しているという感情を抱くとき、そこに働いている共感——まさにベルクソン哲学における共感である——は類推（アナロジー）に基づく間接的な現象に過ぎないのではないか。

しかも、そこには自分（主観）と他者（対象）の区別が維持されているのだから、近代的な主客関係に基づく対象認識の残滓（ざんし）がみられるようにさえ思われる。それゆえ共感の存立基盤を見極める必要があるだろう。ベルクソンが生の直接的なヴィジョンとしての直観を考案するのは、おそらくこうした経緯においてである。

ベルクソンの考える直観は、共感とは異なり、わたしたちが自分自身の奥底へ沈潜し、最も個別的な自分に触れようとする努力である。ただし、ベルクソンによれば、最も個別的な自分、自分の内奥の自分は、自分にとって違和を感じるものである。なぜなら、それは日常生活において自覚されない自分であり、自分でも知らない自分であることが多いからだ。にもかかわらず、それが自分自身であることは疑いえない。こうして、わたしたちの内奥の自分、いわば深層の自我は、最も自己的であるとともに、最も他者的であることがわかってくる。そしておそらく、自らの深層に他者的なものが潜んでいるおかげで、わたしたちは自らの外部にある対象に共感を抱くこともできるのである。だとすれば、直観は共感の認識論拠であり、共感は直観の存在論拠である、と形容することも不可能ではないだろう。

さて、この自己的でありかつ他者的であるもの、個別的な生を超出しながらも個別的な生に内在するもの、それは生そのものという最も普遍的なもの以外にあるまい。ところが、『笑い』では、日常的な生が「緊張の緩み」という観点から考慮されることはあっても、生そのものがそれとして探究されることはない。その理由はおそらく、ベルクソンが笑いの効果のうちで日常性からの脱却よりも日常性への固着のほうに焦点を当てていること、また登場人物への感情移入や内的観察の努力に依拠する悲劇に対し、喜劇を外的観察に基づく非人称的な表象と評価するにとどまることにあるだろう。そうなると、個別的な生の深層に潜む生そのものの次元はなおざりにされ、もっぱら個別的な生の表層の次元に関心が寄せられるのもやむをえない。

しかし、これまでの考察からも明らかなように、ベルクソンは半ば意図せずに生そのものの次元を構想しているのではないだろうか。というのも、笑いは共感を排除するものでありながら、それが複数の人間のあいだで同時に起こるということは、生の表層（日常的な生）とは別の次元で共感が成立していることを示唆せずにはおかないからである。それはもはや「生への注意」とその欠如が働く非人称的な次元ではないだろう。それとは逆に、直観の努力が到達をめざす限りでの、優れて人称的な次元であるだろう。ただし、人称的な次元といっても、それは個別的な生が専有する次元ではない。そうではなく、先述したように、個別的な生と個別的な生の基盤をなす生そのものとが混じり合った次元、言い換えれば、自己的なものと他者的なものを含みもった次元である。

ベルクソン哲学のその後の展開に鑑(かんが)みると、この脱個別化／超個別化された人称的な次元を人格的な次元と形容できるかもしれない。けれども、個別的な生はもちろん、人間的な生さえ超出する次元を、なぜ人格的な次元と呼ぶことができるのか。それは、この次元が個別的な生を含んでいるからというよりもむしろ、その根底に存する生そのものが常に主体的な推進力をもっているからである。ベルクソンは「わたし」をそのようなもの、すなわち、個別的なわたし（自分）でありながら、生そのものとしてのわたし（人格）でもあり、前者から後者へ向けて絶えず自己超出／自己遡行しうる存在とみなす。そして自分と人格が内的差異をはらみつつ交信し合う構造が「わたし」のなかにあるからこそ、自己と他者のあいだの共感も可能になると考えるのである。だとすれば、直観は、わたしの内在的な自己超出を可能にし、自己と他者のあいだの共感を可能にするこの「わたし」を認識するために考案された方法とみなすことができるだろう。

　このように解釈してみたとき、『笑い』はおかしさの考察を通じて共感へ抜ける間道に足を踏み入れながらも、そこから引き返してしまったことで、すでに『物質と記憶』で「経験の転回点」というかたちで構想が胚胎していた方法としての直観を彫琢する機会を逃した著作と言えるかもしれない。その試みは『創造的進化』や『持続と同時性』を経て、『道徳と宗教の二源泉』で完遂されることになるだろう。しかし、だからこそ、『笑い』はベルクソンの著作群のなかで最もポテンシャルの高い著作、ベルクソン哲学の可能性が最も豊饒に秘められた著作として、興味の尽きない価値を有しているように思われてくる。これはいささか逆説めいた評価かもしれない。しかし、本解説の冒頭で述べたような、その異彩を放つ特異な位置づけも含め、『笑い』ほど、多様な読解が期待できるベルクソンの著作はないのではないか。

アンリ・ベルクソン年譜

一八五九年

一〇月一八日、アンリ＝ルイ・ベルクソン、パリで、ポーランド系の音楽家である父ミハエルと、アイルランド系で医者の娘であった母キャサリンの七人の子供の長男（第二子）として誕生。九区のラマルチーヌ通り一八番地で過ごす。

一八六三年　四歳

父がジュネーヴ音楽院の教授に任命され、家族とともにスイスに移住する。哲学者大通りに居住。

一八六六年　七歳

家族とともにパリへ戻る。

一八六八年　九歳

リセ・ボナパルト（当時。後にリセ・フォンターヌ、さらにリセ・コンドルセと改称）に入学。学業成績が優秀であったため、二つの奨学金を給付されてのことだった。

一八六九年　一〇歳

家族がロンドンへ移住。ベルクソンは一人パリに残って学業を続けた。

一八七〇年　一一歳

七月、普仏戦争開戦（〜七一年二月）。ベルクソンはフランス語のラテン語への翻訳、ギリシア語演習、フランス語文法、歴史、英語で一等賞、ラテン語のフランス語への翻訳で二等賞、算数と暗誦で優秀賞を獲得するなど、学業成績は抜群だった。

一八七一年　一二歳

三月、パリ＝コミューン勃発（〜五月）。この年のベルクソンは学業成績が振るわなかった。

一八七七年　一八歳

エコール・ノルマル・シュペリユールへの入学準備に際して最終的に文科を選択する。それまでに修辞学級、哲学学級、数学学級を転々とした末の決断だった。哲学学級時に書かれた小論文に「モンテーニュに及ぼしたラ・ボエシの影響について」がある。数学学級時、ベルクソンは数学の全国共通コンクールで一等賞を授与され、指導教授のアドルフ・デボヴに注目された。実際、デボヴは自著『パスカルおよび現代幾何学者についての研究』に、パスカルが措定したいわゆる「三円問題」に対するベルクソンの解法を掲載したほどである。だがベルクソンは指導教授の期待に添わなかった。落胆したデボヴはベルクソンにこう言ったらしい。「あなたは数学者になることができたというのに、哲学者にしかなれないなんて。」ベルクソンが文科を選択したことについて様々な理由が取り沙汰されているが、ジュール・ラシュリエの著作を読んだことが大きかったようである。なお、生計の一助として、当時のベルクソンはのちに実業家となるアルベール・カーンに個人教授をしていた。

一八七八年　一九歳

エコール・ノルマル・シュペリュールの文科に入学。席次は三番で、一番はジャン・ジョレスだった。また翌年、一学年下にエミール・デュルケームが入学する。学校で司書補佐をしていたベルクソンは図書館に籠りJ・S・ミルやハーバート・スペンサーを耽読する毎日を送っていた。同級生のルネ・ドゥミックが学生時代のベルクソンの印象を逸話として残している。それによれば、ある日、図書館の本が床に積まれているのに気づいた先生の一人がベルクソンに向かって言った。「ベルクソン君、床に転がっている本を見なさい。司書であるあなたの心がこれを見て痛まないはずがない。」これを聞いた学友たちは口を揃えて叫んだ。「彼には心がありません。」この逸話が示唆するように、当時のベルクソンは反カント主義の唯物論者とみなされていた。

一八八一年　二二歳

哲学の教授資格を取得。席次は二番で、一番はガブリエル・セアーユだった。エコール・ノルマル・シュペリュール卒業。アンジェのリセ・ダヴィッド・ダンジェの教授となる。

一八八二年　二三歳
アンジェの高等女子学校の教授を兼任。

一八八三年　二四歳
ジェイムズ・サリー『感覚および精神の錯覚』を匿名で翻訳出版（のちにサリー『笑いについての対話』の書評も行う）。さらに『ルクレティウス選集』を公刊。クレルモン＝フェランのリセ・ブレーズ・パスカルの教授となる。

一八八四年　二五歳
クレルモン＝フェラン大学の講師を兼任。

一八八八年　二九歳
主論文『意識に直接与えられたものについての試論』、副論文『アリストテレスは場所についてどのように考えたか』で博士号を取得。いずれも翌年に公刊される（主論文はラシュリエに捧げられている）。パリのリセ・ルイ・ル・グラン、ついでコレージュ・ロランの教授となる。

一八九〇年　三一歳
リセ・アンリ四世の教授となる（モーリス・アルブヴァックスやアルベール・ティボーデはこの頃の生徒）。

一八九二年　三三歳
ルイーズ・ヌービュルジェと結婚。彼女はマルセル・プルーストの母の従妹にあたる人だった。

一八九三年　三四歳
娘ジャンヌ誕生。彼女は生まれながら

の聾唖者だった。

一八九四年　三五歳

ソルボンヌ大学の教職に立候補するが、うまくいかなかった。

一八九六年　三七歳

『物質と記憶』公刊。

一八九七年　三八歳

病気休養のシャルル・レヴェークの代講者として、コレージュ・ド・フランスで古代哲学講座を担当する。

一八九八年　三九歳

再びソルボンヌ大学の教職に立候補するが、うまくいかなかった。エコール・ノルマル・シュペリユールの講師となる（シャルル・ペギーやジョルジュ・ソレルはこの頃の聴講生）。

一八九九年　四〇歳

死去したジャン＝フェリックス・ヌリッソンの後任としてコレージュ・ド・フランスの近代哲学講座の担当に立候補するが、うまくいかなかった（後任になったのはガブリエル・タルド）。

一九〇〇年　四一歳

『笑い』公刊。レヴェークの死去に伴い、後任としてコレージュ・ド・フランスの古代哲学講座の教授となる。

一九〇一年　四二歳

コレージュ・ド・フランスでの講義が人気を博し、聴講者が教室に入りきれないほどになる（ガブリエル・マルセルやジャック・シュヴァリエはこの頃の聴講者）。道徳科学・政治科学アカデミーの会員に選ばれる。三月、心理学協会で「夢」講演。

一九〇二年　四三歳
一月、「知的な努力」を『哲学雑誌』に発表。

一九〇三年　四四歳
一月、「形而上学入門」を『形而上学道徳雑誌』に発表。ウィリアム・ジェイムズとの交流が始まる。

一九〇四年　四五歳
二月、道徳科学・政治科学アカデミーで「フェリックス・ラヴェッソン＝モリアン氏の生涯と業績」講演（のち「ラヴェッソンの生涯と業績」と改題）。九月、ジュネーヴの哲学会議で「脳と思考」朗読。タルドの死去に伴い、後任としてコレージュ・ド・フランスの近代哲学講座の教授となる。

一九〇七年　四八歳
『創造的進化』公刊。大成功を収めるとともに、バートランド・ラッセルによる批判など、ベルクソンをめぐる論争も活発になってくる。

一九〇八年　四九歳
この頃からフランス国外（とりわけ英米）でも名声が高まり、著作や論文の翻訳出版が始まるとともに、外国での講義や講演を数多くこなすようになる。コレージュ・ド・フランスの講義には淑女たちが席取りのための従者を伴って現れるほどであった（この頃の著名な聴講者にジャン・ヴァール、エチエンヌ・ジルソン、T・S・エリオット、桑木厳翼（げんよく）などがいる）。一二月、「現在の記憶と誤った再認」を『哲学雑誌』に発表。

一九一一年　五二歳

四月、ボローニャの国際哲学会議で「哲学的直観」発表。五月、オクスフォード大学で二日間にわたり「変化の知覚」講義。一一月、バーミンガム大学で「意識と生命」講演。

一九一二年　五三歳

四月、信仰と生活の会で「心と体」講演。

一九一三年　五四歳

五月、ロンドンの心霊研究協会で、会長就任に伴い「『生者の幻』と『心霊研究』」講演。八月、エトムント・フッサールより『イデーン』を送られ、返礼の手紙を書く。一二月、コレージュ・ド・フランスで「クロード・ベルナールの哲学」講演。ジェイムズ『プラグマティズム』仏訳序文として「真理と実在」執筆（のち「ウィリアム・ジェイムズのプラグマティズムについて」と改題）。

一九一四年　五五歳

道徳科学・政治科学アカデミーの議長に就任。健康上の理由という名目でコレージュ・ド・フランスの授業を休講にする。代講者はエドゥアール・ル・ロワ。アカデミー・フランセーズ会員に選ばれる（第一次世界大戦開戦などの事情のため、正式な入会は一九一八年）。

六月、『意識に直接与えられたものについての試論』、『物質と記憶』、『創造的進化』の三冊がカトリックの禁書目録に入れられる。

一九一六年　五七歳

五月、スペインへ使節として派遣される。マドリッドで三回講演するなど学問的交流を名目としていたが、フランス政府が戦局を有利にするためにベルクソンの哲学的名声を利用する政治的・外交的意図を含んでいた。

一九一七年　五八歳

アメリカへ使節として派遣される（一月〜五月）。その趣旨は前年のスペイン派遣のときと同様である。

一九一八年　五九歳

再度アメリカへ使節として派遣される（六月〜八月）。

一九一九年　六〇歳

コレージュ・ド・フランスへ辞意を表明。論集『精神のエネルギー』公刊。

一九二一年　六二歳

コレージュ・ド・フランスへ正式に辞表を提出。翌年、名誉教授となる。

一九二二年　六三歳

『持続と同時性』公刊（一九三一年の第六版をもって絶版にする。再版されたのは一九六八年）。国際連盟に設置された知的協力国際委員会（ユネスコの前身）の委員に任ぜられ、一九二五年まで議長を務める。国際連盟の事務次長の一人であった新渡戸稲造と交友関係を結ぶ。

一九二五年　　六六歳
知的協力国際委員会を辞職。関節リューマチの最初の発作に襲われる。以後、この病気に生涯にわたって苦しめられることになる。こののち（一九二六年〜二八年）、九鬼周造の訪問を受ける。

一九二七年　　六八歳
ノーベル文学賞の受賞決定。

一九三〇年　　七一歳
一一月、「可能と現実」をスウェーデンの雑誌『北方時報』に公表（一九二〇年にオクスフォードの「哲学会議」で開会の辞として述べた言葉を発展させたもので、同誌への寄稿には二年前にストックホルムでノーベル文学賞受賞講演を実現できなかったことへの謝意も込められていた）。

一九三二年　　七三歳
『道徳と宗教の二源泉』公刊。

一九三四年　　七五歳
論集『思考と動くもの』公刊。

一九三七年　　七八歳
二月、遺言書を作成（一九三八年五月に補足）。その第二項であらゆる未発表の文書や記録の公表が禁じられていることと、末尾でカトリシスムへの精神的帰依が告白されていることが知られている。

一九三九年　　八〇歳
第二次世界大戦開戦。トゥール近郊の

別宅に疎開。

一九四〇年　八一歳

六月、パリ陥落。一一月、占領下のパリの自宅へ戻る。

一九四一年

一月三日、肺充血のため、一六区のボーセジュール大通り四七番地の自宅で死去。享年八一。最期の言葉は「みなさん、五時になりました。講義は終了です」だったとされる。一月九日、アカデミー・フランセーズを代表してポール・ヴァレリーが追悼演説を行った。

訳者あとがき

とかく見逃されがちなことがある。それは、ベルクソンが『笑い』に結実する構想を抱いたのは意外に早い、ということだ。最初の著作である『試論』の刊行（一八八九年）に先立つ一八八四年二月十八日、当時の赴任先であったクレルモン＝フェランで笑いに関する講演を行ったという記録が残されている。『雑録集』に掲載されたその概要報告を読む限り、この時点で『笑い』の原型はほぼ出来上がっていたようだ。さらに、一八八五年七月三十日の講演「礼儀正しさ」や（『試論』刊行以後になるが）一八九五年七月三十日の講演「良識と古典学習」にも、『笑い』と密接につながる議論が散見される。こうした事実に鑑みると、ベルクソンが笑いの問題に決して余技として取り組んだのではないことがわかる。それどころか、自らの哲学の根幹に関わる問題であるからこそ、その考察が芳醇な香りを匂わせるようになるまで、じっくり熟成させていたのではないかとさえ思われてくる。

にもかかわらず、『笑い』は刊行直後から、その思想と受容とをめぐって様々な議論に曝(さら)されてきた。前者については、訳者なりの考えを解説で提示したので繰り返さない。ここでは後者について簡単に紹介しておく。

フロイトが『機知』の末尾で『笑い』を参照していることはよく知られている（ベルクソンのほうも『機知』を『笑い』の文献一覧に掲載している）。彼が機知に関心を抱いたのは機知工作に夢工作とよく似たプロセスを見出すからだが、二つの工作に通底する技法は『笑い』の「想像力の論理」を彷彿させてやまない。この類似がフロイトを機知とおかしさの比較／考察に向かわせた理由のひとつと考えられる。

しかし、フロイトの帰結はベルクソンのそれと著しく異なっている。なぜなら、彼は機知をおかしさの亜種とみなすのではなく、両者をまったく異質なものと捉えるからだ。フロイトによれば、機知形成と異なり、おかしさの形成は夢工作と同じようなプロセスに基づかない。ここに機知とおかしさの根本的な違いがある。それに対し、ベルクソンはおかしさの論理を夢の論理と結びつけていた。ではいったい、二人のあいだにこのような齟齬が生じるのはなぜか。それを解くヒントは、ベルクソンが夢ではなく想起の努力に創造をみてとるのに対し、フロイトが前意識的思考ではなく無意識的思考に創造をみてとるところに秘められているように思われる。ひょっとしたら、繰り返しの効果におかしさをみるベルクソンと不気味なものを感じるフロイト（「不気味なもの」）の違い――ただし、おかしさと不気味なものは紙一重／表裏一体のもの、ひいては同時発生するものと考えることも可能である――も、その要因を探せば、端無くもこれと同じところに見つかるのかもしれない。

バタイユがベルクソンとの邂逅を契機に『笑い』を読み、その批判的継承を自らの「笑いの哲学」の端緒のひとつとしていたことも周知の事実である。彼は『笑い』の考察に課された「おかしさによって引き起こされる」という制限を外すことで、ベルクソンの方法に準拠しつつも、ベルクソンに先立ち、ある意味ではベルクソンを超出する神秘主義に辿り着いたのだ。実際、その神秘主義はバタイユに棄教を促し、また「非‐知」の領域に接して思考が挫折する場面で笑いをもたらすものである以上、宗教的神秘家の呼びかけに共振し、彼らを通じて創造的エネルギーとしての神の愛を感じるベルクソンの神秘主義（『道徳と宗教の二源泉』）とは根本的に相容れない。とはいえ、生に死（他者）を内包させるなど、両者の思考には親和するところもあるのではないか（ベルクソンの著作が、本人の思いとは裏腹に、カトリックの側から一時的に禁書目録に指定されていた事実も、この見通しを後押ししてくれるだろう)。両者の違いはおそらく、個別的な生と生そのものの存在論的性格の異同をめぐるところにあると思われる。

訳出に当たっては、単行本を底本とし、『パリ評論』初出時とのあいだに字句の異同がみられる場合は、すべて単行本に従った(文庫という本訳書の性格に鑑み、異同の詳細は省略することとした)。なお、英訳と独訳、ならびに三つの日本語訳(林達夫訳〈岩波書店・岩波文庫〉、鈴木力衛・仲沢紀雄訳〈白水社・全集版〉、竹内信夫訳〈白水社・新訳版〉)を参照させていただいた。また、再校の段階で新しい日本語訳(原章二訳・平凡社ライブラリー)が公刊されたため、時間の許す限りながらも参照することができ、裨益するところが大きかった。とはいえ、翻訳の最終的な責任が訳者に帰せられることは言うまでもない。たとえば comique の訳語に「滑稽」を採用しなかった点についでは異論の向きもあるだろう。それも含め、翻訳の是非については読者諸賢の御叱正を仰ぎたい。また、訳注の作成については、『著作集』の注釈、英訳および各日本語訳の訳注とともに、二〇一〇年にフランスで新たに刊行された校訂版に付された注釈に負うところが多いことを明記しておく。

本訳書を上梓するまでには、少なからぬ方々の恩恵に与(あずか)っている。とりわけ早稲田大学の関口浩、河合孝昭、岐阜大学の佐原秀一、学習院大学の杉山直樹の各先生にはお世話になった。そして光文社古典新訳文庫編集部の中町俊伸さん。中町さんの的確かつ時宜を得たフットワークに訳者は何度も助けられた。記して深甚の謝意を申し上げる。

最後に、私事で恐縮ながら、訳者はこの仕事の前後に母・紀子(としこ)と父・和彦を相次いで亡くした。本訳書を両親の笑顔に捧げることをお許し願いたい。

二〇一六年四月　京都・壬生の寓居にて

本文中に、身体的特徴を揶揄する形で「せむし」という、今日の観点からみて差別的な表現が用いられています。本書が成立した一九世紀末当時のフランスの社会状況と未熟な人権意識に基づくものですが、本書ではそのタイトルどおり、笑いを引き起こす「おかしさ」について、その形と動き等を考察する文脈で使われているものであり、作品の性質を理解するためにも、編集部では原文に忠実に翻訳することを心がけました。それが今日も続く人権侵害や差別問題を考える手がかりとなり、ひいては作品の歴史的・文学的価値を尊重することにつながると判断したからです。差別や侮蔑の助長を意図するものではないことをご理解ください。（編集部）

笑い

著者　ベルクソン
訳者　増田靖彦

2016年6月20日　初版第1刷発行
2024年6月20日　第4刷発行

発行者　三宅貴久
印刷　大日本印刷
製本　大日本印刷

発行所　株式会社光文社
〒112-8011東京都文京区音羽1-16-6
電話　03（5395）8162（編集部）
03（5395）8116（書籍販売部）
03（5395）8125（制作部）
www.kobunsha.com

ISBN978-4-334-75333-7 Printed in Japan

組版　新藤慶昌堂

いま、息をしている言葉で、もういちど古典を

長い年月をかけて世界中で読み継がれてきたのが古典です。奥の深い味わいある作品ばかりがそろっており、この「古典の森」に分け入ることは人生のもっとも大きな喜びであることに異論のある人はいないはずです。しかしながら、こんなに豊饒で魅力に満ちた古典を、なぜわたしたちはこれほどまで疎んじてきたのでしょうか。

ひとつには古臭い教養主義からの逃走だったのかもしれません。真面目に文学や思想を論じることは、ある種の権威化であるという思いから、その呪縛から逃れるために、教養そのものを否定しすぎてしまったのではないでしょうか。

いま、時代は大きな転換期を迎えています。まれに見るスピードで歴史が動いていくのを多くの人々が実感していると思います。

こんな時わたしたちを支え、導いてくれるものが古典なのです。「いま、息をしている言葉で」――光文社の古典新訳文庫は、さまよえる現代人の心の奥底まで届くような言葉で、古典を現代に蘇らせることを意図して創刊されました。気取らず、自由に、心の赴くままに、気軽に手に取って楽しめる古典作品を、新訳という光のもとに読者に届けていくこと。それがこの文庫の使命だとわたしたちは考えています。

光文社古典新訳文庫　好評既刊

芸術の体系

アラン／長谷川宏◉訳

ダンスから絵画、音楽、建築、散文まで。第一次世界大戦に従軍したアランが、戦火の合間に芸術を考察し、熱意と愛情をこめてのびのびと書き綴った芸術論。

芸術論20講

アラン／長谷川宏◉訳

芸術作品とは、初めに構想（アイデア）があってそれを具現化したものだと考えがちだが、それは違うとアランは言う。では、どう考えるのか？　アランの斬新かつユニークな芸術論集。

人はなぜ戦争をするのか

エロスとタナトス

フロイト／中山元◉訳

人間には戦争せざるをえない攻撃衝動があるのではないかというアインシュタインの問いに答えた表題の書簡と、「喪とメランコリー」、『精神分析入門・続』の二講義ほかを収録。

ドストエフスキーと父親殺し／不気味なもの

フロイト／中山元◉訳

ドストエフスキー、ホフマン、シェイクスピア、イプセン、ゲーテ…。鋭い精神分析的考察で文豪たちの無意識を暴き、以降の文学論に大きな影響を与えた重要論文六編。

カンディード

ヴォルテール／斉藤悦則◉訳

楽園のような故郷を追放された若者カンディード。恩師の「すべては最善である」の教えを胸に度重なる災難に立ち向かう。「リスボン大震災に寄せる詩」を本邦初の完全訳で収録！

寛容論

ヴォルテール／斉藤悦則◉訳

実子殺し容疑で父親が逮捕・処刑された〝カラス事件〟。著者はこの冤罪事件の被告の名誉回復のために奔走する。理性への信頼から寛容であることの意義、美徳を説く歴史的名著。

kobunsha
classics